庫

スコーレ No. 4

宮下奈都

光文社

スコーレNo.4

contents

No.1

薄暗い穴倉のようなところから空を見上げている。丸く切り取られた空が光る。瞬きのたびに、瞼《まぶた》の裏に光の文様が浮かぶ。ネガフィルムのように反転した景色と、湿った土の匂い。私の最初の記憶だ。

穴倉がどこにあったのか、何月のどんな空だったのか、今となってはわからない。その一瞬の風景が鮮やかによみがえるだけで、穴倉に相当する場所も、どうしてそんなところからひとりで空を見上げていたのかも、説明することができない。

「それはお母さんの胎内から生まれ落ちる瞬間の記憶だよ」

父はまじめな顔で言う。

祖母は笑って「映画だね」と言う。

「いつか観た映画の一場面と麻子の記憶が混線してるんだ」

そうかもしれないとうなずきながら、ほんとうには、あれはやっぱり私が見た最初の空の記憶なのだという思いを強めている。

ただ、記憶の中に七葉《なのは》の気配がないことが不思議だ。私たちはいつも一緒だったはずだ。そばに七葉がいないのに、しんと落ち着いた気持ちで空を見上げている。それはどう考えても不自然で不完全で、だからこそ、この記憶は正しいに違いないと私は思う。そうでなければ、七葉の欠けた記憶を大事に抱えているわけがない。あの光景、穴倉から見上げた空は、ほんとうにあった。あるいは、ほんとうにある。もしもあれが過去に実在しないとしたら、これから出会う未来の記憶だということになる。

「そんな簡単に口に出しなさんな」

父が言う。

「カコだとかミライだとか」

軽く言ってくれるな、ということだろう。だいたい、父の言うことは昔から決まっている。

「今に区別がつかなくなるんだから、でしょう」

おやおや、と大げさに眉を上げてみせて、父は言う。

「麻子はお父さんの言おうとしてることがわかるんだね」

いつだって口の端がちょっと笑っている。まじめなんだかふざけてるんだかわからない口ぶりになる。

「お父さんくらいの年になったら過去も未来も混じっちゃうかもしれないけど」

七葉が口を挟む。

「あたしたちには十何年分の過去しかないんだから。未来の分量のほうが多いんだから」

「おやおや」

とまた父が眉を上げてみせる。

「それじゃ、人間が生まれてから今まで続いてきた過去はどうなっちゃうのかね」

「そんなのあたしが背負うものじゃないでしょ」

いいなあ、と思う。七葉は思ったことをそのまま口に出せる。私は、もうすぐ十三年になろうとしている自分の過去は、父や母から譲り渡されたものなんじゃないかとか、築何十年にもなるこの家に築かれてきた歴史みたいなものも少しは継いでるんじゃないかとか、余計なことを考えてしまう。飴色の廊下を裸足で歩くとき、足の裏の皮膚が過去みたいなものを捉えるのがわかる。もし過去が私の生きている分の重みしかないとしたら、私はこの家の柱一本にさえかなわないことになる。たとえば朝起きて飲むコップ一杯の水の中に、夕方につける玄関の電球の光の中に、ひっそりと過去が溶けている。そういうことを、私たちは知っている。

だけどもちろん七葉が言いたいこともわかる。いろんなところに過去が含まれていることをなんとなく知りながら、反発したい気持ち。自分の荷物は自分ひとり分の過去だけだ。そう思えば身が軽くなる。過去なんて呼べるほどのものは私たちにはない。今現在と格闘することだけに専念できる。実際、それで精いっぱいなんだから。

広くなったり細くなったりしながら緩やかに流れてきた川が、東に大きく西に小さく寄り道した挙げ句、風に煽《おだ》てられて機嫌よくハミングする辺りに私の町がある。父の父の父の代あたりまでは、川上で氾濫してよく堤防を決壊させたと聞くけれど、そんな話が冗談に聞こえるほど、いつも穏やかな童謡のように流れていく川と、そこに寄り添うような町。私はここで生まれ育った。田舎だと言われたらちょっとむっとするけれど、都会かと言われれば自ら否定しそうな、物腰のやわらかな町だ。

「田舎のわけないだろ」

父は言う。うちみたいな商売は田舎じゃ成り立たないよ。それが父の自負だ。田舎かどうかというのは、都心に出るのにかかる時間や、ブランドショップの数や、駅前の土地の値段なんかとは関係がないらしい。田舎か、都会か、うちが食べていけるかどうかにかかっているというのがおかしい。でも、もしも田舎だとしたら私たちはここで暮らしていけないんだな、というのが子供の頃から胸にあった。この町に食べさせてもらっているのだ。

「町は店で決まる」

それも父得意の言い分だった。娘の目からも父がそんなに熱心に商売をしているようには見えなかったけれど、それでもうちの店があることがこの町の一端を表しているのだとすれば、やっぱりうれしい。父が町に認められるようでうれしい。

店の名前はマルツ商会という。津川の津を丸で囲んでマル津と読ませる。情緒も何もない、そのまんまの店名だ。名前を聞いただけでは何の店だかわからない。聞いてもわからない、と子供の頃はよく友達に言われた。

フルドーグヤ。父はそう言った。友達はフルに納得がいかない。真由も未知花ちゃんも顔を見あわせて、なんでシンじゃないの、と訊《き》いた。フルでも売れるの？　幼かった私は一緒になって首を傾げた。たしかに、他の店には新品しか置いていない。読み古した新聞だとか、醬油の染みのついたブラウスだとか、食べかけの林檎だとか、そんなものはどこにも売っていない。うちの店にある品は、古ければ古いほど大きな顔をしているみたいだった。祖母は亡き夫が始めた店をフルドーグヤとは言わず、コットーヒンテンと呼ぶ。コットーヒンってなに？　友達が訊いても私に説明はできない。古道具も骨董品も私の手にはあまりあった。

店にはフルが揃っている。皿だとか椀だとか、由緒正しい掛け軸だとか。お客さんは唸《うな》る。

長いこと見入っていて、それから小声でなにやら父と話しはじめる。それでまた長いこと見入る。うんうんうなずきながら眺めたりもする。一見《いちげん》さんは少なく、たいてい見知った顔だ。対する商品も、知った顔が多い。どんどん出ていったり入ってきたりすることがない。そこも他の店とは違うところだ。

簡単に手を伸ばしたり、触れたり、ちょっとしにくいようなものが並ぶ。アンティークと呼ばれるような、若い人にうけるお洒落な品物はない。そのあたりを飛ばして、いきなり生活の塊がごろごろするコーナーが現れる。町の人たちから預かった品々だ。それらは一か所に集められ、それでもきちんと正座してお客を待っているような顔をしている。でも私は、この委託品の一角が好きになれなくて、無論父の好みでもないはずで、だから、あるとき訊いたのだ。

「どうしてああいうものを置くの」

父はやっぱり口の端を上げて私を見た。

「うん、面白いだろ」

持ち込む人は、その品物に価値があると信じている人がほとんどだ。どんないわくがあるか、その品に込められた思いや、それを自分がどんなに大事にしてきたか、滔々《とうとう》と語っていくのだそうだ。その話が話し手に近ければ近いほど面白い。逆にただの品物自慢だとまず面白くない。自慢するような品なら店の中にいくらでもあるのだ。

亡くなったご主人が大切にしていたという壺を、年配の婦人が持ち込んだ。

「いわれは特に聞いてませんから」

最初はつまらなさそうにさっさと置いて出ていこうとした婦人は、父の出したお茶を飲みながら、やがてぽつんぽつんと語りはじめたのだという。

まだ結婚したばかりのある夜、地震があった。婦人は咄嗟《とっさ》に、隣に寝ているはずのご主人に手を伸ばした。ご主人はすでにいなかった。飛び起きて、棚に飾ってあった壺を抱えていたのだそうだ。何年か経ったある日には、子供たちが遊んでいて壺に触れそうになり、ご主人が血相を変えて怒鳴った。そんなに怒るくらいなら大事にしまっておけばいいじゃありませんか、と婦人はあらためて憤ったように話したという。

それがね、と父はおかしそうに言う。壺にまつわるご主人との思い出を二時間も話すうち、婦人は壺を大事そうに撫ではじめた。いったんは店に置いて帰ったものの、三日も経たずに引き取りにきたらしい。

「そうするとさ、壺だけじゃなく、毎日自分たちが使っている物や、店にある他の品物に対する目も変わってくるんだな」

「どう変わるの」

「うん」

父は私を見て、じわりと笑った。

「そうだな、麻子の考えてるとおりだよ、だから『ああいうもの』も置いてるんだ」

私は店が好きだ。

朝、誰もいない店に入り、澱んだ空気に身を浸すのが好きだ。窓を開けて風を通す前の埃っぽい匂いを嗅ぐと、全身の毛穴が閉じて余分なものが何ひとつ出ていかない、落ち着いた気持ちになれる。

サンダルを履いて、店の中をぐるっとひとまわりする間に、足は勝手に何度も止まる。ここに唐代の水瓶《みずがめ》、あの棚に根来塗《ねごろぬ》りの盆、こっちにはアケビの籠。床や棚にいつもの顔を見つけてほっとする。売れないことに安心していいんだろうか、とちょっとだけ思う。いいんだよ、と父なら言うだろう。好きなものが売れないことを父はたぶん本気でよろこんでいる。備前の皿、香炉、伊万里の猪口。そこにそれらがあって、目が合うだけで、ふくふくとよろこびが湧き上がる。順々に眺めながら、ゆっくり足を進める。視線を移す。

常滑《とこなめ》の壺も、素性のよくわからない肌の美しい甕《かめ》も、私を待っている。私に話しかけようと、じっと機会を窺《うかが》っているように見える。気安く声をかけてくる陽気なのも、気難しそうにむっつりしているのも、性質はいろいろだけど、みな、眺められ、話しかけられるのを待っている。ときどき、なんと声をかけていいのかわからないのも並んでいる。そういうときは向こうから話しかけてくるのを待って、じっと耳を澄ますばかりだ。

伊万里の赤絵皿の前で立ち止まっていたときに、急に後ろから父に声をかけられたことがあった。足音にも気配にも気づかず皿を眺めていた私は小さく声を上げるほど驚いた。父は振り向いた私の肩に自分の両手を載せ、私が今まで見ていたものを見た。

へえ、麻子はそれが好きなのか、と父は言った。ごく軽い調子だったけど、その声に込められたものを私は探ろうとし、すぐさま中止した。なにかくすぐったいような、ほんのちょっとだけ誇らしいような響きを私の耳が嗅ぎ分けたから。父が私の目を値踏みした。そうして、たぶん高い値を付けたのだ。それは、怖ろしいことでもあった。

私は父が何かを値踏みするときの一瞬すうっと細くなる目が苦手だ。あの目を見たくないといつも思う。特にそれが人間に向けられたときの冷ややかさを想像するとぞっとする。もちろん父が家族にそんな目を向けることなどないのだけど、ときどき母が、凡庸な絵付けの皿をとても気に入ったときになんか、父があの細くした目で母を見るんじゃないかとひやひやしてしまう。

こんなひやひやを感じるようになった自分自身に私は驚いている。七葉なら、と思う。ひやひやに脅かされない。ひやひやのまんなかに躍り出て、いつのまにかそれを蹴散らしている。そういうまっすぐな力が七葉にはあった。

私は十二歳と十一か月、中学に入って三か月が過ぎたところだ。七葉は十八か月違いの妹で、学年だとひとつ違いになる。まだ小学生だ。七葉の屈託のない笑顔を見ていると不思議な気持ちになる。小学生と中学生の境目はほんとうに三月三十一日と四月一日の間にあるんだろうか。もしそうだとしたら、なんと見事な一日だろう。三月三十一日までは私も小学生で、七葉みたいに笑えていたんだろうか。それとも、屈託のあるかないか、ひやひやを怖れるか怖れないかは、境目のどちら側に立っているかじゃなく、七葉と私の性質の違いなんだろうか。

七葉は不公平な妹だ。まず、名前のことがある。私の名前は古めかしくて平凡で、いや、名前として平凡なことより、麻という素材の平凡さ、そっけなさ、艶のなさが好きになれなかった。それに比べて七葉はずっとやわらかい。平凡ではなく、読めないほど凝っているわけでもなく、「なのは」という音の響きもいかにもやさしくて可愛げがある。

名前だけなら目をつぶっていたかもしれない。だけど不公平なのは名前だけじゃない。七葉は実際にやさしくて可愛げがあり、機転のよく利く子だ。やさしいとか、可愛げがあるとか、まるで美点のように思えるけれど——たしかに美点に違いないのだけど——本人の美徳というよりは授かったラッキーのようなものだ。努力の結果なんかじゃなく、持って生まれた資質なのだ。生まれてすぐ、産院のベッドにいる頃から七葉はよく笑ったという。おやおやまだ目も見えてないいんだろうにねえ、と言いながら家族も親戚も、よく笑う七葉に目を細めては抱き上げた。

なんといっても七葉は器量がよかった。小さな顔に、目鼻立ちが整っている。幼稚園に上がる頃にはすでにはっきりと目立っていた。誰も口には出さなかったけど、そしてたぶん私たちのいないところでは誰もが口に出していたことだろうけど、私たち姉妹は似ていなかった。私は七葉みたいに楽しそうに笑えないし、素直でもないし、上手な気配りもできない。それでもせめて、ふんわりとやさしい顔立ちならよかった。ただ黙って笑っていれば人がみな親切にしてくれる、七葉みたいな顔じゃない。男の子みたいだとからかわれることもあった。目ばかりが大きくて女の子らしい風情がない、とも言われた。色が白いことだけが取り柄みたいなものだけど、七難隠したって妹の器量には追いつけない。

でも、そんなことを忘れてしまうくらい私たちは仲がいい。全然似ていないからこそ息が合うのかもしれない。目を見あわせるだけで、相手の言いたいことがわかる。言葉を交わさずに、くすくす笑いあう。どちらかのお腹が痛いときは、すぐにもう一方のお腹も痛くなる。ふたりでいればだいじょうぶ、他に何もなくてもだいじょうぶ。私たちはずっとそう思ってきた。誕生日を何回か迎えるうちに、お互いの他にも必要なものや人があると知るようになったけれど、それはべつにさびしいことじゃない。ぴったり向きあっていた身体を離し、ふたり並んで歩き出す。それだけのことだ。手はつないだままだ。

下の妹の紗英はこの春小学校に入った。私とは七十六か月、七葉とも五十八か月違う。紗英が顔を出すと、その場の照度が三ルクスくらい上がる。鈴を振り振り歩くみたいににぎやかな子だ。舌足らずによく喋り、笑い、歌い、踊る。平気で人の懐に入り込む。目尻が下がっていて、笑うと顔がくしゃくしゃになる。つられてみんな笑顔になる。

だけどこの子はお豆さんだ。姉妹で遊ぶとき、それから近所の子たちと交じって遊ぶときも、祖母がついてきてやさしげな声で言う。

「紗英はお豆さんだよ、ね、頼むね」

お豆さんというのは、豆つぶのように小さな子、から来ているらしい。つまりは面倒を見てあげるべき子、というような意味だ。優遇するようでいて、そればかりでもない。お豆さんを遊びに入れてあげるときは、一緒に混ぜているふりをしながら、その実、ノーカウントの存在になる。お豆さんはだるまさんがころんだで動いて鬼につながれることはあっても、鬼になることはない。風船でバレーボールをして受け損なっても、点を取られない。紗英はずっとお豆さんだった。まわりはお豆さんとして扱うことに慣れ、本人もその立場を愛しているように見えた。それでもいい加減、気づくべきなのだ。小学校一年生なら、もうお豆さんじゃおかしい。

父は気が向いたときに――特に、いいものが入ったときに――講釈を聞かせてくれた。娘たちを呼び、品物の前にすわらせる。私と七葉は並んで聞いた。紗英はまだ小さかった。

いつ頃からか、父は七葉を呼ばなくなった。呼んでも来なくなったからだ。私に審美眼があるかどうかは別として、三姉妹のうち私だけが興味を示した。それだけが父の基準だったと思う。私の目のよさを見抜き、信頼して、と言いたいところだけど、ほんとうのところ、父はそれほど期待していなかったのかもしれない。

ものを見る目は育つんだよ。持って生まれたものなんてたかが知れている。あとはどれだけたくさんいいものを見るかにかかってるんだ。だから、そもそも好きじゃなくちゃいけない。好きじゃなかったら、いいものをたくさん、一生かけて見続けるなんてこと、できないだろう？

品物の講釈をするのはいつも温和な、やさしい声だった。ときどき熱が入って、講釈が長くなることもあったけれど、私はそれが楽しかった。好きだと聞かされる前に、父はこれが好きなんだ、とわかってしまう。ぬるいお風呂に浸《つ》かっているところに熱いお湯をどんどん足していくみたいに、父からの熱がじかに私の肌に伝わってくる。私ははっとして父の顔を見る。父は私の顔なんて見ていなくて、手もとの品物だけを見ている。私も品物に目を戻す。すると、父に今素晴らしさを語られている品物に光があたっているような気がするのだ。なんてことないように見えていた文様の一刷《ひとは》けも、いびつなくらいの輪郭も、急に輝きを帯びてくる。遠い昔に生まれ、人の手を伝ってここまでたどりつき、やっとめぐりあえた品物が、ほんの一瞬、私に向かって心を開く。

そこにすべてがある、と思う。今、私のまわりで現実に起こっているすべてのことを合わせてもかなわない。一枚の皿がどんなにどきどきさせてくれることか。閉じ込められていたはずのものが、蓋を開け、ゆるりと正体を現し、目の前で立ち上がる、そんな瞬間をたしかに感じるのだ。たとえば中学の教室に沈澱している気詰まりな緊張感が、厄介な友人関係が、取るに足らない些細《ささい》なことのように感じられる。そもそも、取るに足らないことなのだ。それがはっきりとわかる。

いつからか、七葉は店に来なくなった。学校から帰るときは店を通って家に入るのが普通だったのに、今は店の前で友達に手を振り、わざわざ裏の勝手口にまわって入ってくる。

七葉は店に来るお客さんも疎んでいる。お客さんのほうは七葉を見つけるとよろこんで、「お、なのちゃん、なのちゃん」なんて手招きするのに、小さく会釈するだけでさっさと逃げてきてしまう。

小さい頃はそうじゃなかった。店番もしたし、用がなくても店の中をふたりでうろうろしたものだ。ちょうど店の真上にあたる二階の一部屋が倉庫代わりに使われていて、私と七葉はよくそこに入り込んだ。窮屈そうにしまい込まれていた品々を、そっと出してきてはひとつずつ眺めるのが好きだった。黙ったまま飽きずに眺めた。そうでなければ、ふたりで同じものを代わる代わる手に取り、この形が好きだとか、ここはどうしてこんなふうになってるんだろうとか、ひそひそと話しあうこともあった。

いつだったか、雨の降る午後にふたりで倉庫へ上がって、新しく入ったらしい桐の箱を見つけたことがある。中から、柳の葉の流れるような文様が息をのむほど美しい五寸皿が出てきた。感想を言おうにも、はあ、とか、すん、とか、そんな声しか出てこないので、あきらめてふたりして長いこと見入っていた。雨の音も聞こえなかった。だいぶ時間が経ってから七葉が、水に濡らしてみようよ、と言った。焼き物は水に入れるといっそう美しくなるものがあるといつか父が話していた。その思いつきにわくわくしたのは事実だ。それでも、怖さのほうが勝った。すごくいいものだと子供心にもわかったから、もしお皿に何かあったら大変だと思った。

七葉は耳を貸さなかった。興奮のあまり黒い目が濡れたように光って怖いくらいだった。

だめだ、と思った。ときどき七葉はうんと頑固になるのだ。さっと立ち上がり皿を掲げるようにして倉庫部屋を出ると、廊下の窓を開けた。なにするの、と声をかける間もなく、七葉は窓から皿を突き出した。庇《ひさし》から落ちる雨だれを皿に受ける気だった。小さな手が皿をつかんで空中へ差し出す様子はあまりにも乱暴で、危なっかしかった。すぐに止めようと思って近づいた私は、あっと小さく叫んだ。雨に濡れていく皿が、まるで生き物のようになまめかしく見えた。笑っている、と思った。皿が笑っている。美しく冷たい皿が、命をよみがえらせていくさまを、七葉の後ろから息を詰めたまま見つめていた。

あの五寸皿を雨に打たせた日、七葉の頬は興奮に紅く染まり、私はその横顔をグリムの物語に出てくる小さなお姫様にそっくりだと思ったのだ。あれはいつだったんだろう。少なくともその頃までは、七葉と一緒に店や倉庫に入り浸ってたくさんの時間を過ごしていた。七葉のほうが少しだけ大胆で、頑固で、でも品に魅入られる強さは私だって負けていない、といつもひそかに思う。負けていない、けど、勝てはしない。そうも思った。

どうして、いつから、七葉は来なくなったんだろう。それがわからない。

川があり、橋があり、電車が通る。低い堤防の上の川原には膝丈ほどの雑草の茂る野原と整備された公園や広場が混在している。小さな畑をつくっているところもある。それからなだらかな土手になり、桜の並木道に続く。土手のこちら側は幾分急な傾斜になっていて、そこに菜の花が咲く。菜の花の黄色が連翹《れんぎょう》に替わり、連翹の上に桜が散ると、やがて大きな躑躅《つつじ》が開き、いつのまにか紫陽花《あじさい》の蕾が白く膨らんでいる。

土手と背中あわせに家が立ち並んでいる。うちもその一角にある。家に続いて庇だけの渡り廊下があり、店になっている。店の正面は反対側の細い通りに面している。土手のほうは家の裏にあたり、小さな庭と勝手口がある。

土手にはいつも風が吹いている。川からの風が小さな堤防を駆け上り、土手のこちら側に顔を出す頃には頬を緩めている。土手の上から斜めに下りる小道がついている。私たち姉妹はこの小道を上ったり下りたりしたけれど、かなり急だから、母や祖母は使わない。紗英にもまだ下りられない。小道を下りたところから家の庭につながっており、駆け下りた勢いで庭のひな菊を踏みつけてしまったりもする。

家の二階の、姉妹で使っている部屋の窓は土手のほうを向いている。私たちは窓から土手を眺める。土手の上を人や犬や自転車が通る。窓に向かって置かれた机のこちら側から土手の上を眺めていると、なんだか古い映画を観ているような気分になる。

「窓のせいだよ」

椅子ごとくるっとこちらに向いて、七葉が言う。

「硝子《ガラス》が古いでしょ、だから向こう側が全部やさしく映るの。向こうの景色、フィルムみたいだよね」

それから椅子を立ってきて、私のお尻を無理やり半分退《の》け、自分も半分だけ私の椅子にすわる。そうして頬を私の頬にくっつけるようにして、ふたり並んで窓の外を見る。古い窓硝子は厚い。光が歪《ゆが》み、景色が曲がる。土手の上を、帽子をかぶったおばさんが早足で通っていく。それも映画の場面みたいだった。こちら側が映画ならいいのに、と私は考える。映画になるようなドラマティックなことは何も私の身には起こらないけれど。

七葉が瞬きすると、それが私のほっぺたに伝わってくすぐったい。

「なのちゃん、くすぐったい」

「お姉ちゃんが喋ると私もくすぐったいよ」

ふたりで頬をつけて窓を向いたまま、ふふふふ、と笑う。頬がずれないように気をつけて、遠慮がちに笑う。七葉の笑いが頬から響いて尚さらおかしくなる。私のおかしさも頬から伝染していくのがわかる。七葉が小刻みに震える。下から祖母の呼ぶ声が聞こえる。夕飯の支度の時間だ。

私たちは毎日食事の支度を手伝う。厳密に言えば、それは手伝いではない。小さい頃から祖母に聞かされてきた。

「手伝いをしているのは私たちのほうなのよ。あなたたちがいつか自分で暮らしていけるように、今はまだ小さいあなたたちのために私たちが手伝っているの」

母はときどき、手伝ってちょうだい、と言ってしまってから、はっとするようだ。祖母を意識するのか急いで言いなおす。

「お母さんがあなたたちの手伝いをしているのよ」

祖母はそんな母を見ても、何も言わない。

「さえもてつだうー」

寄ってくる下の妹の言葉も訂正しない。紗英はお豆さんなのだ。それでも、祖母が、

「あらありがとうね、紗英、お手伝いしてくれるの」

などと相好を崩せば、どういうことかと首を捻《ひね》りもする。まだ幼いということを割り引いても、祖母は紗英だけを特別扱いしているような気がする。不公平だ、と思わないこともないのだけれど、それを言ったら不公平は家の中に広く堆《うずたか》く積まれているような気もして、結局私は口には出さない。映画の主人公になれる子は生まれたときから決まっているのだ。

紗英のことなど、不公平が笑う。

祖母はいろんなことに基準を持っていた。品があるかないか、というのが境界なんだと思う。私と七葉が流行の水色を着ることも許さなかった。

「そんな水色、品がないよ」

水色ばかりか、桃色やクリーム色を着るのも難しかった。

「基本は三色だよ。それ以上の色を使わないのが品というものなの」

三色というのは、白、紺、ねずみ色だ。制服でもないのに、私たちは通年この三色の組みあわせで過ごした。ベージュのカーディガンやスカートを合わせるのがたまの楽しみだった。七葉は朱色に憧れている。この三色に、とりわけねずみ色に、くすんだ水色を合わせたらきれいだろうな、と私は思っている。そういうふうに着てみたい。だけど、デパートに並んでいるのはもっとはっきりした水色、祖母が下品だという水色ばかりなのだ。そう、紗英が着ているみたいな。

「この子のサイズにはこの色しかなかったんだよ」

祖母は一度だけ言い訳をした。不公平だ、と思ったけれど、あんな水色が欲しかったわけじゃないから黙っていた。


今日がいい日かどうか、すぐにわかるとっておきのやり方があるよ。

私たちが寝ぼけた顔して居間に下りると、祖母はよくそう言う。うん、と私たちは食堂の椅子に腰掛けながら言う。

「ほうじ茶がいい」

「私もほうじ茶が飲みたい」

祖母は満足そうにうなずく。それは全然とっておきなんかじゃなくて、何度も聞かされた簡単な一本道だ。朝起きたときに飲みたいお茶が決まっていればその日は一日いい日になる、というものだ。どうして、とは思わない。理由を訊こうと思いつくよりずっと前から、そういうものだと刷り込まれてしまっている。

朝、目がさめて階下に行くと、台所に祖母と母がいる。おはよう、と手渡されるのは湯呑みで、たいていほうじ茶が入っている。焚き火みたいな匂いのする、少し苦くて少し甘い、澄んだ鳶色《とびいろ》のお茶は、寝起きの身体にぴったりだ。温かい液体の通った喉が開き、胃袋が広がり、手足の指の一本一本まで血がめぐるのがわかる。お茶は日によって、緑茶だったり、煎り番茶だったり、ときどき紅茶になったりする。そうして私たちのほうも、階段を下りながら、今日は麦茶がいいや、と思ったりもする。飲みたいお茶を思いついたのだから今日はいい日になる。そういうふうに考えた。

朝のお茶の後はラジオ体操になる。六時半だ。朝ごはんはその後、身体を動かしてからです。人間はもともと身体を動かして朝ごはんの準備をしていたのです。それが祖母の数ある口上のうちのひとつだ。

ラジオ体操が日課だなんて、人には恥ずかしくて言えない。なんで家族揃ってラジオ体操なんだろう。父はラジオ体操第二が終わると、朝ごはん用に七輪で食パンを焼きはじめる。女五人はごはんを食べ、父だけは食パンを食べる。昔は母がパンも用意していたそうだけど、父の注文があんまり細かいので、自分でやるよう祖母が命じたそうだ。そうしたら父は、トースターをやめ、七輪を持ち出した。鉄の網を載せ、その上で食パンを焼く。どの店のどの食パンを何ミリに切ってもらうか、それを日によってどれくらい炙《あぶ》るか、加減するのが楽しいらしい。

父が朝食なら、母は夕食に凝っている。結婚して最初の一年間は三百六十五日違うものを出し続けたそうだ。父は初めての結婚記念日に、振り出しに戻ったメニューによろこび、これからは七つでいい、と言った。七つ、うんと得意なものがあったら、あとは適当でも全然かまわないよ。七つというのが何を意味していたのかわからない。でも、おかげで母はどこの店にも負けない七つの料理を身につけたということだった。その七つが何なのか、私にも七葉にもまだわからない。

私たちがおやつを食べていると母が笑う。お喋りをしていても笑う。お風呂に入っても、喧嘩をしても、やっぱり笑う。揃って風邪をひいた日も、小さく笑っていた。あなたたち、ほんとうに、と母が言う。声が楽しげだ。あなたたち、と言われて私と七葉と紗英は熱っぽい顔を上げる。

「……面白いわねえ」

私たちは顔を見あわせる。面白いことをした覚えなんかない。それでも母は私たちの顔を見比べるようにして笑う。

「三人とも私が生んだのに、こんなに違うなんて面白い。麻子は麻子、七葉は七葉で、紗英はきっぱり紗英。なんだかとっても面白い」

そんなようなことを言う。

「なにそれ」

「どういう意味」

母はうれしそうに笑う。娘たちが風邪をひいて寝込んでいるのにだ。たぶん同じ風邪が伝染したのだろう、角の山本医院で診てもらった結果もやはり三人同程度の流行性感冒だった。それなのに、と言って母はまた笑う。

「扁桃腺が腫れていても、この程度なら抗生物質を飲まなくても心配ないのよ。問題は咳だけど、そのうち自然に引くはずだし。だから今日はよく寝て、苦しいようだったら、咳止めだけ飲みましょう」

「うん」

私はうなずく。そうか、軽い風邪か。我慢できないほど咳がひどくなったら薬を飲む。うん、わかった。

母は七葉のほうを向く。

「七葉、だいじょうぶ、大したことないって。薬もいらないくらいだそうよ」

「ほんと？　じゃあ明日、学校行けるね」

七葉が明るい声を出す。それから母は紗英にも声をかける。

「紗英、つらかったね。風邪だって。大事にしてゆっくり休もうね」

紗英はしおらしくうなずく。

ね、と母が私を振り向いて笑い、小声で言い足す。

「これが逆だったら大変よ」

「なにが」

「七葉に大変ねって言ったら、七葉はほんとに寝込んじゃう。紗英にだいじょうぶよって言ったら、もっと真剣に心配してほしくて寝込んじゃう」

「私は」

「あなたにはほんとうのことを説明すれば納得してくれるから、いちばん頼もしいわ」

頼もしい、と言われるのは、そんなにうれしくない。じゃあ、なんと声をかけてもらいたいだろう。だいじょうぶよ、と言われれば、何がどうだいじょうぶなのかを知りたくなる。大変ね、と言われれば、そうでもないよと強がりたくなる。事実を説明してもらうのが、たしかにいちばん安心できるかもしれない。

「あなたたち、いつでもそうよ。ゲームしてたって麻子は麻子、七葉は七葉、どこから攻めるか作戦ひとつにも性格が出てる。おやつを食べてたって麻子は麻子、七葉は七葉」

「さえは」

「ああ、紗英ももちろんちゃんと紗英よ、いつも紗英らしくて、おかあさんとっても楽しい」

そう言って母は少し汗ばんだ紗英の頭を撫でた。

そうかな、と思う。そうだろうな、とも思う。私たちはやっぱり母から見ても似ていない。私たちが似ていない、というだけじゃない。たとえば七葉は誰にも似ていない。家族を考えても、親戚じゅうを見渡しても、私が知っている人たちを全員思い出したって、七葉みたいな子はいない。さて、ここで問題です、と私は言う。では、麻子みたいな子はいるでしょうか。

「……いるだろうな」

数秒で答を出して、私は目を閉じる。照明のついた舞台からぽんと飛び降りる自分の姿が浮かぶ。

たしかに七葉と私は違っている。性格も考え方も違う。それなのに、気持ちや考えのほとんどを共有している。顔を見ればお互いの共振が手に取るようにわかるから、笑いあい、憤りあうことができる。どちらの考えがどちらのものだったか、やがてわからなくなってしまう。ふたりの間には言葉はいらない。お互いの間を流れる感情はつながっているのだから。

ただ、私たちのことを人に向けて表すときのために言葉が必要で、それを使うのはいつも七葉だった。七葉にとっても、私にとっても、どちらが表明してもいい私たちふたりの言葉。家族にはたぶん通じていたと思う。だけどそれ以外の人には、七葉の言葉は七葉だけの表現として伝わり、それだから七葉は素直に自分の意見を伝えられる子、逆に私のほうはおとなしい子、地味で目立たない子、と映ることを私はちゃんと知っていた。でも、それで特に問題はなかった。

問題というなら、その元になる部分だろう。七葉がどうして思ったことを口に出せるのか、私はどうして躊躇《ちゅうちょ》するのか。それははっきりしている。七葉が可愛いからだ。同じ親から生まれ、同じように育ったはずの私たちだから、思う。もしも自分に絶対の自信があったら、と。そうしたら、思ったことをそのまま言える。それで眉をひそめられるなんて考えもせず、受け入れられるかどうか気にもせず。自信。それは努力して身につけるものでなく、天恵みたいに与えられるものだ。可愛さとまったく同じように。

代替品で間に合うようなものじゃない。たとえば可愛さの代わりに勉強で一番になろうとか、スポーツに励もうとか、そんなふうに私は私の花を咲かそうだなんて思えない。うんと走るのが速かったら、物怖じせずになんでも言えるだろうか。ピアノが得意だったら、素直になれただろうか。よちよち歩きの頃から、気がつけばいつも隣に自分よりずっと可愛い子がいる。それで私は何をがんばればいいんだろう。がんばることと可愛さは全然別のことなんだから。僻《ひが》んでいるわけじゃない。私になくても七葉にある。それでじゅうぶんなような気もするのだ。

私と七葉は滅多に喧嘩をしない。喧嘩をするような種がない。そもそもふたりとも怒りっぽい性質ではない。難を言うなら七葉は少々頑固なところがあるけれど、そして七葉から見れば私は少々意気地がないかもしれないけれど、そのせいで喧嘩になるわけじゃない。いつも一緒にいる私たちを見て、真由も未知花ちゃんも首を傾げる。仲がよすぎて気味が悪いみたい、などと言う。小学校から仲のよかった彼女たちと私は同じ地元の中学に進学した。今もいちばん親しい友達だ。でも親友と呼ぶほどではない。それは当然だろう。私には七葉がいる。

真由のところはお兄ちゃんと年がら年じゅう喧嘩しているそうだ。顔見るのも嫌だよ、なんて言ってるくせに、ほんとのところはそうでもないんだと思う。だってよくお兄ちゃんのサッカーの試合を応援に行っている。

未知花ちゃんも弟としょっちゅう喧嘩になると言う。些細なことで喧嘩が始まり、些細すぎて原因を忘れてしまうのだそうだ。だから五分後にはまたふたりでふざけて笑ってるんだよね、と言う。

うちは、そのどちらとも違う。喧嘩はほとんどしない。その代わり、原因はいつもはっきりしているし、一度喧嘩になったらどちらかが謝らない限り終わらない。そうして、私が覚えている限り、七葉が謝ったことはない。最後に必ず私が謝ることになる。原因がいつも私にあるのかといえば、そういうわけでもない。七葉と喧嘩をしている時間は苦痛で、でも謝らなければ終わらないことはわかっていて、だから謝る。喧嘩を終わらせたいから、それだけだ。どうして謝るのかと訊かれれば、そうとしか答えようがない。七葉のほうも、謝られればそれで気が済むらしく、その後にまだ拗《す》ねたり文句を言ったりしたことはない。

私だって、喧嘩の最中は腹が立って、謝ることなど微塵《みじん》も考えないし、むしろ今日こそ謝るもんかと思っている。だけど、最後はやっぱり誘惑に負ける。ごめんね、という言葉を口にする瞬間まで、喉元に意地が引っかかって脈を打っているのに、ご、と発音した瞬間、固まりが雪崩《なだれ》のように滑り落ち、代わりになんだか甘ったるい感じがこみ上げてくる。

ごめんね。七葉に何を謝っているのかわからない。ただ私は酔っている。このひとことで仲直りができるという期待と、安堵と、素直にそれを口にすることのできる自分のしおらしさみたいなものとに。七葉も、私が謝れば素直にうなずくけれど、きっと首を縦に振った瞬間に甘く湧き上がるものに気づいているに違いない。私こそごめん、と言った瞬間に七葉の目に涙が膨れ上がる。喧嘩の間に泣いたことは一度だってないのに。私たちは、安手のクリスマスツリーの電飾みたいにぴかぴか光る感傷を満たす。そうして少しだけぎこちなく元通りを始める。

喧嘩して満たされるのは私たちで、それを厄介にするのが祖母だ。祖母は私たちが喧嘩をしているとき、いつのまにか近くまで来てじっと耳をそばだてている。そして、喧嘩の内容ではなく、どちらが声を荒げたか、手を上げないか、先に謝るのはどちらか、何食わぬ顔をして窺っている。私たちはそれをどれほどうっとうしいと思ったか。夢中で喧嘩をしていても、祖母の気配に気づくとどちらからともなく声をひそめた。それはもしかしたら祖母独特の喧嘩を諫《いさ》めるやり方だったかもしれない。けれど、そういうときの喧嘩は不完全燃焼の種火が残ったまま、いつまでも尾を引いた。ちゃんと最後までやらせて、と私たちは声に出さずに願った。謝る瞬間の、あの甘く切ないドロップをちゃんと味わわせてほしかった。

一度だけ、最後までついに謝らなかった。七葉も謝らなかった。だから、決着のついていない喧嘩がある。もしかしたらあれが境目だったのかもしれない。違うかもしれない。七葉が店から離れた理由を私は何かと結びつけたがっている。

店にはいろんな品があった。壺や皿や椀、鉢、勾玉《まがたま》や仏像の類、それから、何に使うのかわからないような、すすけた木片や、割れた陶器の一片などもあった。これ、なんだろうね、なんだろうね、と言いあいながら私と七葉は小さな土器の欠片《かけら》を、撫でたり、裏返したり、日に透かしたりした。そうしているうちに、その欠片が、身近な玩具みたいに親しみを帯びてきて、これをポケットに忍ばせておければなあと考えたりもするのだ。持ち歩いてどうするわけでもない。ただ、親しいものを身につけているうれしさだとか安心感だとかに憧れただけだ。

生成の地肌に、ところどころかすれたような雲が染め付けられた陶器の欠片があった。それを見つけたときは、なんだかぼんやりとした欠片だな、としか思わなかった。でもどうしてだか私たちはふたりとも、割れたビスケットみたいなその欠片から目を離すことができなくなってしまった。これ、なんだろうね、うん、なんだろう、といつもと同じことを言いあいながら、お互いの視線が小さな陶片の上に注がれ、そこで拮抗しているのを感じていた。

先に手を伸ばしたのは七葉だ。思わず、といった感じで陶片の肌に触れ、それをそのまま掌《て》に包んだ。一、二、三、四、五。固唾《かたず》をのんで、五、数えた。七葉は掌を開かなかった。

「なのちゃん、それ見せて」

押し殺した声で私は言った。七葉は動かなかった。

「見せてよ」

七葉が小さく首を振る。私は七葉の掌を開かせようと、腕をつかんだ。七葉は握りしめた掌をおへその辺りに抱えるようにして丸く屈《かが》んだ。その頑《かたく》なさにかっとなって私は七葉の背を押した。身体がぐらっと揺れ、それでも七葉は顔を上げなかった。背中をつかんで揺さぶった。

「見せて、私にも見せて」

夢中になって七葉の身体を揺らしながら私は叫んだ。

階段の音にも気づかなかった。組みあっていて、はっと顔を上げたときには、祖母が怖ろしい形相で立っていた。

「何をしているの」

私は大声で訴えた。

「なのちゃんが見せてくれないっ」

七葉は屈んだままだった。私は祖母に背を向け、七葉の肩をつかんでもう一度言った。

「それ見せてってば！」

すると祖母が言った。

「離れなさい、みっともない。店まで全部聞こえてきたよ」

「だって、七葉が」

「ほら、麻子も七葉も、離れて。七葉、手に持ってるものを出しなさい」

七葉は出さない。頑として首を振る。

「七葉のものなの？」

「違うよ、ここにあったものだよ」

私が言うと、祖母はため息をついた。

「何を取りあってるのか知らないけど、ここにあるのは玩具じゃないんだよ、傷つけたら終わりだよ」

祖母は七葉の手をつかんで指を一本ずつこじ開け、中から陶片を取り出した。

「こんなもの取りあってどうするの」

雲の絵の陶片を、眉を上げて見る。少し手を遠ざけ、頭を後ろに引くようにして見る。そのとき、七葉が何か言った。くぐもった、小さな声だったからよく聞き取れなかった。

「なんだって」

祖母が訊き返したときだ。七葉はきっぱりと顔を上げて、言った。

「返して」

祖母の顔色がみるみる変わった。眉が上がり、唇がきゅっと結ばれた。

「まだ文句があるんなら、家を出ていきなさい」

涙が膨れ上がり、それがこぼれ落ちる前に、七葉は走って階段を降りていった。

私は呆気《あっけ》に取られていた。七葉は、返して、と言った。祖母はそれをただの反抗だと取ったみたいだけど、私にはわかる。あの子は、陶片をほんとうに返してほしいと思ったのだ。

自分のものでもないのに、返せってどういうこと？

ひと目見て私もあの陶片に引きつけられた。だけど、返せとまでは言えない。所詮、お店のもの、父のものだから、せめてあれが売れなければいいなあ、ずっとこの家にあっていつでも好きなときに眺められたらいいなあ、と願うくらいだ。

「麻子」

階段のほうを見ていた祖母が振り返り、落ち着いた声で言った。

「女の子の喧嘩はね、怒鳴ったり、叫んだりしたほうが負けです」

陶片のことを考えていた私は、祖母の言っていることが咄嗟に飲み込めない。

「下にいたら、麻子の大きな声だけが聞こえてきたよ」

なの？」

「それって、私の負けってこと？」

祖母はうなずいた。

「どうして。七葉が取ったんだよ、最後は泣いて出ていっちゃったんだよ、なのに私の負け

「そういうものだから、覚えておきなさい」

どうして、と言いかけて、やめた。訊いても無駄だ。

悔しかった。普段だったら泣いていたかもしれない。でも、今はそれどころではない。七葉の執着心が私を打ちのめしていた。怒鳴ったから負け、叩いたから負けなんじゃない。欲しいものをあれほど欲しいと思える、七葉の心に私は負けている。

店はだいぶ年季が入っている。正面の屋根の上にどんと掲げられた看板は、昔の映画のセットに使われそうな年代物だ。マルツ商会とだけ書かれている。店の前に立ち、看板を見上げ、中をのぞき、それでも何の店なのかよくわからない。私も七葉も友達にそう言われるのに慣れている。わからなくていいんだよ、と父が笑うのにも慣れている。私たちもべつにそれでかまわない。

店よりさらに古く見える家は、築後何年になるのか見当もつかない。築六十年。いや、七

十年。それ以上か。何から何まで木造で、外壁に張られた木は茶色を通り越して黒ずんでいる。瓦は鈍色《にびいろ》。昭和初期だろうなあ、と父が言う家に、あちこち手直ししながら住んでいる。掃除の行き届かない古家ほど見すぼらしいものはないというのが祖母の持論で、雑巾がけが私たちの日課になっている。

玄関の戸は格子で、上部にはめ込まれた磨り硝子は端っこに気泡の入った一枚硝子だ。高い位置につくられた窓も木枠のままで、アルミのサッシと違ってきっちり閉めてもすきま風が抜けていく。雨戸はトタンを張った重いものを一枚ずつ渡していくようになっており、朝夕の開《あ》け閉《た》てがひと仕事だ。陽当たりがいいはずの部屋も窓の小ささのせいでじゅうぶん明るいとはいえず、階段は急で、台所は狭く、お風呂場は寒い。

祖母が嫁いできた頃にはすでに「じゅうぶんに古かったよ」ということだ。

「お見合いだったら断ってたね」

家は古かった。造りも少しいびつだった。でも、いつもよく片づけられ、丁寧に整えられていた。窓には曇りひとつない。廊下は黒光りしている。そしてあちこちに小さな花が活けられている。私たちが生まれた頃からずっと窓は磨かれ、廊下は拭き込まれ、花は活けられ続けてきたのだろう。それに気がついたのは、だけど、最近のことだ。

この春の朝だった。階段を降り切ったところの小さな台に花が置かれているのに気づいた。

何か特別なことがあったわけではない。朝、起きて、階段を降りた。いつも通りだ。階段の下に李朝の花台があるのは知っていた。青磁の花瓶もずっと家にあるものだ。花は、鉄線と都忘れだろう。だけど、その朝は何かが違っていた。何が違うのか、わからない。ただ、花が目に飛び込んできた。

おはよう、と台所に向かい、すぐに訊いた。

「おかあさん、あの花」

母は振り返って微笑《ほほえ》んだ。

「なあに」

「ささ、今日ははぶ茶、たまにはいいよ」

祖母が湯呑みを手渡してくれる。

「なんか、花が」としか私は言えなかった。花の何がどうしたのか、自分でもわからなかった。でも、花がそこにある、と思ったのだ。花がそこにあってうれしい、と。

「花がね」と言い、あとは黙ってお茶を飲んだ。母も何も言わなかった。

その朝から、いつも花がある、ということに私は目を留めるようになった。花は、よく見るとどれもすごく可憐だった。

「おかあさんてそのへんの花を適当に活けてるだけなのに、センスあるよね」

私は七葉に言った。

ちょうど叔母が遊びに来ていて、私たちと一緒に居間でお茶を飲みながら夏場所を見ているときだった。この叔母は母の妹だけど、母よりひとまわり大柄だ。結婚して近くに住んでいる。子供はなく、だんなさんはしょっちゅう出張に出てしまうので、ときどき家に遊びに来る。店にすわってくれたり、私たちの話し相手になってくれたりもするし、ただぼうっとお茶を飲むだけのこともある。

その叔母が、あら、とテレビから振り返った。

「適当に活けてるんじゃないわよ、適当に見せてるだけよ、型通りよりよっぽど難しいのよ」

「なんで」

「なんでって、きちっと型にはまったような花が飾ってあったって面白くないでしょ、自然に見えて完成されてる、それが里子ちゃんの技なの」

私は七葉と顔を見あわせた。

「おばさん、おかあさんのことずいぶん持ち上げるね」

あら、と叔母はもう一度言った。テレビではちょうど今日の結びの一番が始まるところだった。

「あんたたち、もしかして、知らないの？」

「知らないって、なにを」

叔母は画面に目を戻し、しばらく土俵の成り行きを見守ってから、またこちらを向いた。

「ほんとは葉っぱ一枚の裏表まで考えて活けてあるはずよ、里子ちゃんはお花のお師匠さんだったのよ」

そう言ってクッキーの缶に手を伸ばし、画面を見て、あらあ！　と声を上げた。あっけなく負けちゃったわねえ。それから、立っていってテレビの電源を切った。電源から切ったらリモコンを使えなくなると何度言ってもこの叔母は同じことをする。

ソファに戻った叔母によれば、母は若い頃、華道も茶道も熱心に習い、たいそうな腕前だったということだった。

「いいところまでいったのよ、まあ、お花に限らず里子ちゃんはなんでもできたからね」

「へーえ」

七葉と私は同時に言った。叔母は、あらあら、と笑う。

「あんたたち、ほんと息が合ってるのねえ」

私は曖昧《あいまい》にうなずく。同じ言葉を発していながら、七葉と私の気持ちはずいぶん違っている。七葉はきっと母を見直している。私も母を見直しているのだけど、七葉とは反対側をなぞっている。軽く失望している。母に、ではなく、母の過去形をとって現れたたぶん私自身の未来形に。叔母はさらに話を聞きたがる七葉の目をのぞきこむようにして言う。

「あんたたちのおかあさんはそりゃあかっこよかったのよ」

七葉がうれしそうに笑った。私はやっぱり過去形に気を取られている。かっこよかった、っていう過去形に。

「小さい流派だけどね、里子ちゃんは家元から目をかけられてたのよ」

叔母が言う。ところが今や叔母のほうが華道の師範なのだ。自宅でも教えているし、カルチャースクールでもクラスを持っている。

「おばさんのほうができたんだね、結局は」

私は慎重に言った。そういうことにしておいてほしかった。

「そんなことないわよ、あたしはいつだって里子ちゃんの次。勉強だって、運動だって、なんにもかなわなかったんだから」

叔母は事もなげに言って、泉屋のクッキーをひとつつまんだ。

「これこれ、この菱形のが好きなのよあたし」

「おかあさんは」

「里子ちゃんはジャムの入った、これでしょ、昔っから」

「クッキーじゃなくて、お花。いいところまでいったのに、どうしてやめちゃったんだろう」

七葉が無邪気に訊いた。私は聞きたくなかった。この話、なんだか嫌な感じがするのだ。でも、叔母はクッキーを頬張りながら答えてくれた。

「結婚したからよ」

「結婚だったら、おばさんだってしてるじゃない」

「そりゃ結婚ったっていろいろあるわ、相手によるし、そうね、相手にもよるし……そうねえ、相手によるのよ」

それから、慌てて付け足した。

「泰郎さんが悪いんじゃないのよ、ほら、早かったからね、里子ちゃん、結婚が。あたしとは十年違ったもの、十年あればたいがいのことは追いつくものなのよ、素質に差があったってね」

フォローが決まったと思ったらしい、叔母は満足そうにお茶を飲む。

「結婚したら終わりにしなくちゃならないの？」

「あら、だからそれは相手に……や、それは本人の気持ち次第よ。里子ちゃんの場合はすぐに赤ちゃんができたからね、お茶やお花より麻子ちゃんたちのほうが大事だったでしょうよ」

つまり母は結婚して私たちが生まれたからやめたということだ。

「しあわせだったのよ、それだけ」

嫌な感じは的中した。叔母が真顔でしあわせだと言う、私たちが含まれる集合のほうへ里子ちゃんは潜り込んで姿を消してしまう。そこに里子ちゃんのしあわせはあったんだろうか。磨いたものも、熱くなったものも、輝いたものも、一緒くたに飲み込んでしまって、それでもいいと思えるようなしあわせが、あるんだろうか。

「考えたくないや」

思わず声に出してしまう。七葉が楽しそうに言う。

「おかあさんってすごかったんだ」

だから、過去形を使わないでほしい。おかあさんじゃなくて里子ちゃんがすごかったのだ。

「そうよ、あんなに早く結婚しちゃったのがもったいないくらいよ。あんたたち、おかあさんを敬いなさいよ」

叔母がふざけて言う。

大好きな人。かけがえのない人。私たちのしあわせにとってなくてはならない人。明るくて、歌がうまくて（いつも何かしら口ずさんでいる）、ものすごくおいしい筑前煮をつくることができて、モーツァルトが好きで、字がきれい。おかあさんはおかあさんとしてすごいかもしれない。でも、すごかった里子ちゃんとは別人のように思える。

「大雑把で、鈍い感じ」

「なにが」

「しあわせ、って」

叔母は笑う。なに言ってんの、麻子ちゃんは。七葉は笑わない。ちょっと黙って考えてるような表情を見せる。しあわせのいろいろな種類について私は思いをめぐらせる。好ましくないしあわせというのも、きっとこの世にはあるのだ。しくみのようなものの存在がおぼろげながら意識できる。この世がまわるしくみとか、人がしあわせになるしくみとか。

「地球ってさ」

私はぼんやりと浮かんだ絵のことを口にする。

「誰かが支えてるんだよね」

叔母が眉を寄せる。

「どしたの急に」

「球じゃなくて、平たくってさ、端っこまで行ったら滝になってざーざー流れてるお皿みたいな地球のこと」

七葉が、ああ、という顔をする。

「ギリシャ神話だね。巨人が足を踏ん張って地球を支えてる」

「そう。その端っこの行き止まりみたいなところ」

「なに、なんの話」

叔母が怪訝《けげん》そうに、でも笑いを含んだ声で訊く。

「結婚」

なに言ってんのよ麻子ちゃんは、と叔母が笑って繰り返す。中学生って青いね。叔母が笑い、七葉が私を見ている。なんだか、世界って思っていたより狭いのかもしれない。どこまでも行けると思っていたけど、違うのかもしれない。


ジョギングしないぃ？　と真由が電話をかけてきたのは空梅雨も明けそうな火曜の夜だ。受話器を取るなり、くねくねした声でそう言った。両足を軽く開いて立ち、膝頭だけをくっつけて小首を傾げたようなくねくね具合だった。実際の真由がそんな格好をしていたかどうかは知らない。私はその声のくねくね調子を言葉で表すことができて気分がよかった。

「ねえぇ、麻子ぅ、やろうよぉ」

体育の授業さえ面倒がる真由がジョギングとは尋常でない。運動部の人とは生態系が違う、というのが真由の普段からの言い分なのだ。ジョギングなんてしたら、夜行性になったり、コバエを捕食したり、しっぽが切れてもまた生えてきたりするんじゃないだろうか。

「ジョギングなんかしたら壁を這って歩くようになるんじゃないの」

「なんの話ぃ」

「だってジョギングってなによ」

真由は電話口で声をひそめた。

「麻子、ジョギング知らないの？」

私は言葉に詰まる。

「知ってるよ」

「よかった知っててくれて。朝、六時半でいいかな」

いつの間にかくねくね声がまっすぐに直っている。

「六時半って」

「麻子、六時半知らないの？」

それから、あはは っと高い声で笑う。ものすごく機嫌がいいみたいだ。

「六時半に麻子んちに行くから」

「え、あ、だめ」

六時半からラジオ体操が始まる。

「なんで」

「なんでも」

「じゃ六時三十五分」

「だめ」

「じゃ六時四十分。これ以上遅かったら間に合わないよ」

「何に？」

「学校でしょ、休むつもりじゃないよね？」

「なんで休むことになるのよ」

「とにかく、帰ってからシャワー浴びる時間を考えると、朝ごはんを食べた状態で六時四十分が限度」

自信たっぷりに断言して真由は電話を切った。

走るわけがない——それは確かだった。真由が走るわけがないのだ。なんといっても運動したら砂の中に住むようになるかもしれない人なのだ。それは砂漠のサソリだ。おおかた朝のうちに会って話したいことでもあるんだろう。六時四十分。ラジオ体操が終わる時間だ。

翌朝、予想に反して、真由はピッとしたジョギングウエアに身を包んで現れた。普段のT

シャツにジャージを穿《は》いただけだった私がたじろいでいるうちに、おはよっ、と笑って真由は自転車に跨《また》がる。

「ジョギングって走るんだよね？」

真由は笑顔のまま振り向き、

「そ。よく知ってるじゃない」

と言った。私はてっきり裏の土手を走るんだと思っていた。大急ぎで自転車を取りに戻り、真由に続いて走り出す。

川に沿って五分ほど走ったところに広い公園がある。その入り口で真由は自転車を降り、鍵をかけてさっさと歩き出した。私も後を追う。

「公園の中を走るの？」

うん、と言いながらも一向に走り出す気配はない。遊具のある児童公園を横切り、噴水広場を通り抜け、真由はきょろきょろ歩いていく。遊歩道のめぐらされた池のほとりに出たときに、ようやく振り返って、ごめん、と言った。

「どうしたの」

「遅くなっちゃったね、もう帰らないと間に合わないよ」

「でも全然走ってないよ」

「明日はもうちょっと早く出よう」

私が返事をしないでいると、真由は急に膝をかくんと内向きに折った。あ、と思った。想像した通りのポーズだ。出る。

「お願いぃ、明日も走ろうよぅ」

小首がたしかに傾いでいた。くねっている。いつから真由の声はこんなにくねるようになってしまったんだろう。ウエアに合わせてレモン色のバンダナをつけた真由を不思議な思いで見る。少なくとも中学に入るまでは、こんなじゃなかった。どういうことなのだろう、これは。戸惑っているうちに、翌朝の待ちあわせは六時に決まった。急に口数の少なくなった真由と、ほとんど黙って自転車のところまで歩き、家まで戻った。走らなかったからシャワーは要《い》らないだろう。こんなわけのわからないジョギングに、明日もつきあうのかと思うと気が重くなった。

翌朝、公園に行くことはできなかった。五時五十九分、玄関の戸を開けようと手をかけたときに後ろから呼びとめられたのだ。

「麻子、どこ行くの」

祖母だった。

「あ、川鴨公園、真由と」

「こんな時間に」

「うん、ジョギング」

祖母の顔を見た瞬間から、駄目だということはわかっていた。

「いけないよ」

案の定、祖母は言った。どうして、とは私も訊かなかった。

「こんな時間に女の子ふたりで公園だなんて、危ないに決まってる」

「でも走るんだよ」

「あんたたちが走るより速いんだよ、危険てのは」

そんなもんかな、とちょっと思った。危険というのは忍び寄るものかと思っていた。

「でも、真由が待ってるの。もう来てると思う」

じゃあ、と言いながらもう祖母は三和土《たたき》に降りて草履をつっかけていた。

「あたしも一緒に行くよ」

戸にはめ込まれた磨り硝子から朝の光が射している。表にはレモン色のウエアを着た真由が待っているはずだ。がっかりするだろうな、と思った。真由は祖母が苦手なのだ。でも、祖母が一度言ったら絶対に覆らないことも私は知っている。

店の前で自転車にもたれてぼんやり待っていた真由は、祖母の姿を見るとはっと姿勢を正した。おはようございます、とくねっていない声で言う。祖母の陰から私も、おはよ、と言う。

「公園で走るんならあたしも行きたいと思ってね、よろしく頼みますね」

祖母はにこやかに頭を下げ、草履の足で躊躇もなく自転車の荷台に横向きに腰かけた。真由、ごめん、と片方の目で合図して、サドルに跨る。でも真由は自転車に乗る様子を見せず、鳩みたいにくるくるっと目を動かした。

「土手でいいです」

まだ走り出さないのかと私の背中をつついていた祖母が、真由の言葉に、へ、と言う。

「ご心配かけてすみません、公園まで行きませんから」

真由はしおらしく頭を下げた。

それで私たちは川原を走っている。自転車は土手に停めてきた。祖母が二台の赤い自転車のそばに立って私たちを見下ろしている。

「ほんとに、」

と並んだ右側から真由が言う。息が切れている。

「走ると、思わなかった、よ」

「だって、ジョギング、するんだ、ったよね」

私も同じくらい息を切らしている。

「公園、を、でしょ」

「じゃ、なんで、土手でいいって、」

真由は答えず、ただ、足を速めたかと思うと、二十メートルくらいダッシュしてそこで急に止まった。腰を折って両手を膝につき、肩で息をしている。追いついて、隣に私も立ち止まる。踏み固められた土の道に腰を下ろす。真由は荒い呼吸をしながらも、ウエアが汚れるのを気にしているのか、地面にはすわらない。真由が立ったままで、話も続けないので、やっぱり気を悪くしたのかと思う。川のほうに顔を向けると、水面が光ってまぶしい。

「公園で、走ってるって」

真由が腰を折ったまま顔だけこちらへ向けて言う。

「なにが」

「中原くん」

そう言って、すとんと腰を下ろした。膝を抱え、まだ息を切らしている。私の目と同じ高さに真由の目がある。でも、真由の目は私を見ていない。

「誰」

「二組の」

「中原くん?」

「サッカー部」

知らない。思い当たらない。真由とも私とも違うクラスだ。

「サッカー部って、あ、真由のお兄ちゃんと同じ」

真由がうなずく。

「公園走ってるんだって、兄貴が言ってた」

お兄ちゃんが走ってるのかと訊こうとして、やめる。きっとその中原くんが、だろう。それでどうして真由が、真由だけじゃなく私までが公園を走ることになるのか。

「そんなとこ、麻子のおばあちゃん連れていけないじゃない」

「そうだよね」

私も同意する。なんだかまどろっこしい。あ、と思う。

「真由は中原くんのことが好きなんだ、それで一緒に走りたくなったんだね」

とん、と真由が私の肩を押す。私はお尻の後ろ、すわっていた場所から一歩分後ろに左手をつく。左手は雑草を踏む。朝露で思いがけないほど湿っている。知らない場所みたいだ、と私は思う。幼い頃から数え切れないくらい遊んだ川原が、初めて会うような、見慣れぬ顔で凪《な》いでいる。私は首を伸ばしてみる。土手の上に祖母がいる。私たちではなく川のほうを見ている。

「じゃあ、明日はやっぱり公園まで行こう、もっと遅い時間なら出られるから」

私が言うと、真由はうなずいた。

「走る時間はないかもしれないけど」

「いい。走らなくても」

立ち上がり、パンツのお尻をぽんぽんと払う。露草の咲く土手が、私の手に還る。よそよそしさが消えている。いつもの土手だった。


今日は早く帰ってきてね、と出がけに母が言っていた。ロールケーキを焼くんだっけ。私はその助手役だ。

「慎ちゃん、ロールケーキが好きだからね」

声が弾んでいた。慎ちゃんが来るかどうか、まだわからないのに。

「おかあさんが焼くロールケーキが好きなんだよ、私が手出ししないほうがいいんじゃない」

「一本はおみやげに持って帰ってもらうでしょ、あれやこれや忙しいのに、とてもひとりで二本は焼けないわ」

七葉が横から割って入る。

「いいよ、あたしもなるべく早く帰る」

ありがと、と母がにっこりする。そのまま自転車で出てきた。ペダルを漕ぐリズムで、早く帰る、早く帰る、と唱え、唱えるそばから、下校の頃には忘れてしまいそうだ、と思った。

明日は兄さんが来るから一緒に食事しよう、と昨夜、父が言ったのだ。あらやだ、早く言ってくれればいいのに、と母は言った。おじさんはお酒が好きで、肴がいる。うちは父も母もほとんど飲まないから、肴みたいなものは特に準備してこしらえる必要があるのだ。

何か予定でもあったか？　お酒の準備だっていろいろあるでしょう、というようなやりとりが続き、だいじょうぶ、里子のつくるものはなんだってうまいよ、と父が言ったのを、そういう問題じゃないのよ、と母が返し、でもその時点ですでに決着がついていた。兄さんもうちの夕飯を楽しみにして来るんだもんなあ、と駄目押しのひとことで、母の機嫌はかえってよくなった。

「慎ちゃんも連れてくるかしら」

明るい声で母が訊くと、

「さあなあ、来るとは言ってなかったけど、そういえばしばらく見てないなあ」

父は軽く笑って、母の背に手を当てた。慎ちゃんというのは父の兄の息子で私たちの従兄にあたる。前はよく伯父と一緒にこの家に遊びに来ていた。私より歳が八つも上で、ちゃん付けするような年齢ではないのだけど、母にとっては今でも最初に会ったときの呼び名そのままの印象なのだそうだ。

「小学校二年生くらいだったのよ。ひと目見てすごく賢そうな子だと思ったわ。品があって、やさしい目をしていて、ほんとうに可愛い男の子だった」

愼ちゃんのことを話すとき、母の顔は自然にほころぶ。歳の離れた私たちとも面倒がらずに遊んでくれた。ほんとうは、この家には、私たちと遊びたいからじゃなく、店の品物を見たいから来る。それをわかっていて、父もはりきって準備したものだ。愼に見せてやろう、と前夜にさまざまな箱を開けている父も、愼ちゃんのことも、私は羨ましかった。

もうすぐ一学期が終わるというのに、中学校には慣れることができない。あっちも嘘、こっちにも嘘。全然ほんとうの匂いがしない。息を吸っても吸っても肺の底まで酸素が届かない感じがする。学校にいる間、だから私は息をひそめて不機嫌をなだめている。学校では何かが起きそうなのに、実際には何も起こらない。いいことも、悪いことも、どかどかやってくるくせに、あちこち踏み荒らしてあっという間に通り過ぎていく。後には何も残らない。通り過ぎるまでは、おへそに力を込め、脇をしっかり締める。これで防御の体勢だ。降りかかる火の粉も、うろつく感情の波も、皮膚の内側まで入り込むようなことはない。

今日はクラスの垣内という男の子宛てのラブレターが教室に落ちていて騒ぎになった。垣内くんは運動のよくできる、背の高い子だった。女子に人気があるのは知っていた。手紙には差出人の名前がなかったらしく、誰が落としたのか、噂が噂を呼んだ。そのうちに手紙は心ない男子の間を引っ張りまわされ、文面が大声で読み上げられ、筆跡を調べられ、最後は教室後ろの掲示板にまで貼られた。

早く引き取ればいいのに、と私は垣内くんの背中を斜め後ろの席から見ていた。関わらないほうがいいと思ったし、関わるつもりもなかった。垣内くんは険しい顔をして、手紙はおろか、掲示板のほうを一度も振り返らなかった。

そのうちに、私のおへそのあたりがむずむずしはじめた。不機嫌が増殖していくのがわかる。私は垣内くんの背中を睨《にら》む。自分のために心を込めて書かれた手紙が教室で公開されていたら、それを引き受ける度量ってものが必要なんじゃないか。教室のどこかでみんなと一緒になって差出人探しに興じるふりをしているほんとうの差出人のことはともかく、あの手紙をそのままにしていいはずがない。力を込めているはずのおへそが動き出すような感じがする。カカワルナ、カカワルナ、とささやく声が聞こえる。それでもおへそが疼《うず》くのだ。

私は立っていって掲示板から手紙を剝がした。クラスじゅうの視線が集まるのを感じた。その手紙を垣内くんに乱暴に手渡すと、垣内くんが驚いたような目で手紙と私を交互に見た。

「津川か、それ書いたの」

「津川だったのか」

周囲から声が飛ぶ。

「違うよ」と私は言った。

「手紙が不憫《ふびん》だから取っただけ」

それでも面白がって「津川か」「津川は垣内が好きなのか」と囃《はや》す声がする。女子も遠巻きにする感じでひそひそ話している。垣内くんは最後まで黙っていた。

何も起きない日々にしては、まあ波があったほうだ。ちゃんと私は母の言いつけを覚えていた。早く帰る、早く帰る、と口の中で唱えると、垣内くんもクラスの目も手紙ももうどうでもよかった。

ホームルームが長引いた。終了と同時に帰ろうとすると、教室の外で真由が待ちかまえていた。小走りに近寄ってきて、袖を引く。

「ちょっとだけ、つきあって」

「ごめん、今日あんまり時間ないの」

「帰りながら、ちょっとだけでいいから」

なんの話だろう、と思う。垣内くんの手紙のことだろうか。真由のクラスまでもう伝わったんだろうか。返事をしないでいると真由は横目で窺うように私を見、グラウンド、と小声で言う。

「グラウンド?」

今度は口の形だけで、サッカー部、と言う。あ、と思った。サッカー部の、ええと、名前も忘れてしまった、きっとあの公園を走っている子の話だ。雨が続いて、あれ以来ジョギングは延期になったままだ。今日は久しぶりに晴れたと思ったら、梅雨が明けたかのように太陽が近い。

面倒だった。断るのとどっちが面倒だろう、と思っているうちに、ちょっとだけ、ちょっとだけん、と繰り返す真由に引っ張られる。たぶんこのくねくねを断るほうが面倒だ、と覚悟を決める。

薄暗い玄関で内履きを脱いでいたら、去年真由が熱を上げていた黒田くんのことを思い出してしまった。黒田くん、今頃どうしてるだろう。成績がよくて私立に行った、ちょっとおじさんくさい子だった。私はちっとも好きじゃなかったけれど、真由が黒田くんのくの字も言わなくなった今は、なんだか懐かしいような気がしてしまう。黒田くん黒田くんって騒がれて、中学が分かれただけで見向きもされないなんて、やっぱり、なにもかも過ぎて忘れられていくんだな、と思う。

「まだぁ？」

いちばんわからないのは、と真由の上気した顔を見て思う。その浮かれ具合だ。好きな子ができるとそれだけでそんなに楽しいのか。その子の顔を見たがったり、その子に手紙を書きたくなったりして、それがそんなに楽しいのか、ということだ。

校舎を出たら、陽射しが強くて景色が白っぽかった。グラウンドに風が吹いている。五、六歩先に行った真由が振り返る。

「早く早く、こっちこっち」

自転車置き場の脇を通って校舎の陰からグラウンドを見る。砂埃の立つ中を、野球部が走っている。

「もうちょっとこっち来ないと見えないって」

真由がじれったそうに急《せ》かすけれど、足が前に出にくい。こんな光と風の中を、太陽に向かって歩くなんて、間違っている。間違いに気づかない真由も、間違っている。間違っているのに真由はいつもよりはしゃいでいる。白いブラウスの背中が、うんと遠くに感じられる。グラウンドにはあんなに大勢いるのに、と思う。その大勢の誰からも、目の前の真由からも離れたところを私はひとりで歩いているような、ぽつんと離されているような気がする。

真由は渡り廊下の隣の花壇のところでグラウンドを眺めている。近づくと、興奮気味に目

いる。

かすかにライムのコロンが香る。あの人、と真由が小さく指した先にはサッカー部の一団がを大きく開いて振り向き、大げさに手招きをする。鞄を持っていないほうの私の腕をつかむ。


「グラウンドのほう向いてる、今ボール蹴ろうとした人」

体操服の、似たような男子が何人もグラウンドの縁にいる。グラウンドのほうを向いている人とこちらを向いている人は入り交じってしじゅう動いており、白いボールが彼らの中を飛び交って、まぶしい。どれが誰だか見分けがつかない。

「ほら、今、歩いていって、きゃっ、こっち向いたっ」

真由はどんっと私の背中に体当たりするようにぶつかる。きっと恥ずかしさのあまり身を隠したつもりなのだ。私はぶつかられた拍子によろめいて前に押し出される。顔を上げたとき、ちょうど笛が鳴り、一団がグラウンドの中程へ走って出ていくところだった。

風が止まった。野球部の掛け声が消えた。どうしてだろう、と私は思っている。どうしてわかったんだろう。真由が指した相手がどの子だったのか。「今、歩いていって、こっち向いた」のは、他の子とは見間違えようのない子だった。たとえば目立つとか、たとえばかっこいいとか、たとえばドリブルがうまいとか、そういうことじゃない。ただ、彼がわかった。

私はびっくりした。あれが真由の中原くんか。

黙って立っているしかなかった。声の出し方を思い出せなかったから。私の背中につかまっていた真由が横にまわり込んできて、背伸びをし、グラウンドの中程を見やりながら弾んだ声で言った。

「ね、見えた？　中原くん、かっこいいでしょ」

「見えなかった」

私は自転車置き場のほうへ歩き出した。

真由の甘ったるい声が追いかけてくる。

「もうちょっとだけ見ていこうよぉ」

一度振り返って、またね、と手を振った。自分がどんな顔をしているのかわからない。真由から一秒でも早く遠ざかるように、目を合わせずに済むように。

自転車は後から無造作に停められた数台に挟まれて、すぐには引き出せなかった。前輪に突っ込んでいた隣の自転車を退け、反対側の一台も退け、ようやく鍵を外すことができる。雨除けになっているトタン屋根から自転車を押して出て、サドルに跨ったときに突然、蝉の声が束になって降ってきた。わ、しゃわー、と声が落ちてくる。蝉がしゃわーと鳴いた、それだけのことに私はうろたえている。蝉の声を初めて聞いたような気持ちになってしまったから。新しい、鮮やかな場所へ突然踏み出してしまった戸惑いで、誰も見ていないのに顔を上げることができない。コンクリートが焼けている。自転車のタイヤが軋《きし》む。棕櫚《しゅろ》の葉が太陽を映して光り、目に突き刺さるみたいだ。

見慣れたはずの町を自転車で走りながら、すばやく瞬きを繰り返す。町の風景が急に極彩色で迫ってくるようになってしまった。一軒一軒の家に、走る車のクラクションに、いちいちピントが合うようになってしまった。神経のエナメルが剝がれ、感覚器官が剝き出しにされたような感じだった。

グラウンドで見たものを、おそるおそる思い出す。思い出そうとしなくたって、さっきからもう何度も思い出してしまっている。そうだ、ただの、体操服の、男の子だった。真由の好きな男の子。信号で止まっている間、グラウンドを駆けていった背中が目に浮かんできて、気がつくとまた青信号が点滅している。急いでペダルを踏み込みながら、あ、そうか、と思っている。まぶしかったから。あの子のゼッケンに太陽が反射してたから。だから特別に見えたんだ。そうだ、そうだ、と私は思っている。なんだ、そうか、と思っている。そんなわけないでしょ、と思っている。じゃあなんなのよ、と思っている。何度も通ってきた道を、迷子になりそうな心許なさで走っている。心臓が勝手に早打ちしていて胸が苦しい。

あの子は、水色なんだ。水色の印象に不思議なくらいあてはまっていた。白に合わせたいと思った、淡いねずみ色と並べたら最高だと思った、くすんだ水色。水色だから目を引かれた。それがわかって私は満足した。そうか、水色か、それなら特別に感じたって不思議はないな。でもすぐに満足の嵩《かさ》が減る。私にとって特別な水色が、真由には何に見えるんだろう。私だけじゃない、真由にもわかる何かがあの子にはある。しかも、と思いついて私は自転車のサドルから腰を浮かす。立ったまま勢いよく漕ぐ。そのままのスピードで角を曲がると、電信柱に腕を擦りそうになった。家の前で急ブレーキをかける。しかもだ、先に見つけたのは真由だ。

自転車を停め、黙っていよう、と決めた。あの子を特別だと感じたことを、真由にも、自分自身にも。黙っていればそのうち通り過ぎるだろうと思うことにした。男の子を見て、時計の針が止まったような気がしたことも、息が苦しくなったことも、葉っぱの輝きや蝉の鳴き声が急に肌に触れるくらい近く感じられたことも、それらなにもかもがわけもなく愛しく思えたことも。

大きくひとつ深呼吸をして、玄関の戸を開ける。ただいま。なるべくいつもと変わらない声を出そうとして、かえって緊張している。いつもの声ってどんな声だっけ。いつも通りに、と思うと戸を閉める音までいつもと違っているような気がしてくる。おかえりなさい、という声が奥から聞こえる。家の中に卵の焼けるような甘い匂いが満ちている。ロールケーキを焼いているのだ。遠い約束を思い出したような気分だった。戻るべき場所に戻った。これでまた元の穏やかな時間を過ごすことができる。薄暗い玄関に立ち、私は自分でもびっくりするくらいほっとしている。

台所をのぞくと、ボウルを抱え忙しく手を動かしていた母と七葉が顔を上げ、おかえりなさい、と華やいだ声で言う。

「ごめんね、今、手が離せなくて」

迎えに出られなくて、ということだ。私は黙って首を振る。いつもなら誰かが帰るとみんなして玄関へ顔を出すのだ。そんなふうにされていたら今日の私はまごついてしまっただろう。

「早く着替えて、手伝って」

うなずいて、そそくさとその場を離れる。その寸前、視界の隅で七葉が私を見つめ、すっと視線を外したのに気づいていた。七葉らしくない、不自然な仕種《しぐさ》だった。

学校でのことはなるべく頭から閉め出すよう心がけ、台所で晩の準備に加わった。祖母も紗英を連れ、どこかから帰ったようだ。袋からころんとした茗荷を五つ六つ取り出してみせた。

「山上さんとこで分けてもらってきたよ。見事なものだねえ」

そう言うと、早速、茗荷の土を落としはじめた。普段は炊事の全般を母に任せてしまっている祖母も、今日は息子のために好物をこしらえる。母はロールケーキの仕上げを私と七葉に委ね、揚げ物の準備にかかる。紗英は折り紙で愼ちゃんに渡すプレゼントをつくっている。伯父を迎える時間に向けて台所全体が昂揚していくのがわかる。その渦に巻き込まれながらも、どこか上の空のまま耳の奥にまだ蟬の声を聞いている。

目の中に中原くんの後ろ姿が浮かんできて、気がつくと手が止まっている。やめて、私の邪魔をしないで、とその背中に向かって言い、すぐに取り消す。現実には話しかけることもできない相手に勝手な文句を言うなんて、恥ずかしいことだ。だいいち、中原くんには何の罪もない。牛蒡《ごぼう》の皮をこそげることに集中しようと包丁を持ち直す。でも、一分もしないうちにまた中原くんの背中を思い出している。水色に光って見えた背中にうっとりしている。そうして牛蒡の同じところばかりを削っているのだ。コントロールの利かない自分を持て余している。不安にもなる。なのに浮き足立っている。私はいったいどうしてしまったのかと焦りながら茶色い牛蒡に包丁の背をあてている。

しかし、やがて伯父がやってくると空気が一変した。愼ちゃんも一緒だったのだ。愼ちゃんの灰色がかった瞳を見た瞬間に、私を支配していたオセロの黒がぱたぱたぱたっと白にひっくり返った。間違いだったんだ。グラウンドで見かけただけの、話したこともない男の子の残像に捕らえられているなんて、なにかの間違いだ。愼ちゃんを見たらそう思えた。私は中原くんをとりあえず戸棚にしまって鍵をかけておくことに決めた。

久しぶりに見る愼ちゃんはすっかり大人みたいになっていて（私たち姉妹もそれぞれ見違えるように大きくなったと何度も言われたけれど）、細かった肩の線が濃くなったような感じがした。愼ちゃん、などとちゃんづけで呼ぶのが気恥ずかしいくらいだった。それでも笑った目のやわらかさは昔と全然変わっておらず、母は愼ちゃん愼ちゃんと世話を焼くのがうれしそうだ。

お祭りの夜みたいな匂いがしていた。集まった人たち全員がその場を楽しもうと考えていて、ちゃんと人数分の一の責任を果たす心構えがあった。伯父は話がうまく、私たちをたくさん笑わせてくれた。私たちが笑えば、伯父の話はゴムボールのように弾む。弾んで転がる途中でさらに話の種をくっつけ、あちこちでぽっぽっと花を開かせる。私たち姉妹が読んだ本や習っている教科について聞き出し、それを広げたり畳んだりしながらあっと驚く話に変貌させて場を沸かせるのだった。私たちは夢中になって聞き、ときどきは感心したり、お腹の底から笑ったりもした。それこそが今夜の私たちの役目だった。それなのに、今夜の私はどうかするとふわふわ浮いて飛んでいってしまいそうになった。この場でただ笑っていたいのに、戸棚に隠したはずの人に吸い寄せられてしまうのだった。

途中で一度、父と愼ちゃんが店の品物を見に中座するときに、麻子も一緒に、と誘われたのだけど断ってしまった。父や愼ちゃんと品物を眺める時間が私を落ち着かせてくれたかもしれないのに。たぶん、私は落ち着きたくなかったのだ。今日はいいや、と首を振ると、父は大げさに驚いてみせた。はす向かいの席から七葉が私を見、それからまた視線を外すのがわかった。

たくさん食べて、話して、笑って、いつもよりずっと長い夜を過ごすうちに、不思議な感覚にとらわれるのに気がついた。時折、自分がふたつに分かれているような感じがするのだ。今ここで笑っている自分と、全然別のひえびえした場所からこちらを見ている自分。身体の表面と皮膚の下の温度がずいぶん違う。ほんとうの私は今夜を心からは楽しんでいない、ともうひとりの私が耳元でささやいている。その声に私は腹を立てて言い返す。楽しいよ。ほんとうに楽しいよ。楽しいのに、ただ、ときどき空気が膨張する。家族やおじさんや愼ちゃんと私との間に大きな隔たりが生まれる。でも、それだけのことだ。ひとりぼっちでいるような気分になるだけなのだ。ほんとうは、ひとりじゃない。こんなに親しい人たちに囲まれた楽しい夜じゃないか。腹を立てながら私は、空いた大皿を下げるふりして席を立つ。また、七葉が一瞬だけこちらを見たのがわかった。

どうしたいのか、どうしたかったのか、わかったのは後になってからだった。席にすわったまま紗英が眠ってしまったのを機に、皆が腰を上げた。伯父と愼ちゃんが帰っていき、残った者で部屋と台所を片づけ、祖母と七葉がお風呂に入り、それでようやく私は部屋に引き上げた。ひとりの部屋に戻って初めて、どんなにそれを求めていたかを知った。こんな気持ちは初めてだった。私はひとりになりたかったのだ。

七葉が部屋に戻ってくる前に、私は二段ベッドの梯子を上って蒲団に潜り込んだ。電気も消してしまいたいくらいだったけれど、暗いと七葉が怖がると思い、我慢した。話しかけられると困るので、眠ったふりをした。実際には、いつまでも眠れなかった。七葉が部屋に入ってきて、無言でベッドの下の段に入り、やがて規則正しい寝息が聞こえてきてからも、私はずっと起きていた。七葉が電気を消さなかったのは、私が起きているのを知ってのことだったろうか。たぶん何かに気づいたのだと思う。今日、グラウンドで中原くんを見た。たったそれだけのことで私の内側がどこかへずれてしまったことを、たぶんもう元には戻らないことを、七葉は感じ取った。

私のほうをときどき見つめていながら、それらしいことをひとことも言わなかった。いつもみたいに素直な声で、お姉ちゃんどうかしたの、とも訊かなかった。さびしいような気もするし、ほっとしたのも事実だった。どうして何も訊かないのか、少し気になるけれど、私も何も言わなかったのだからしかたがない。何も話さなかったことで気を悪くしただろうか。

それとも何かが起きた、その何かの正体をもうつかまえたのだろうか。

とにかく眠ろう、と私は思った。目を瞑って、静かに息をして、それでも頭に浮かんでくるのは中原くんの後ろ姿ばかりだった。いつか振り向くんじゃないかと期待している私は夢を見ているようでもあったし、実際、いつのまにかまどろんでいて、どこからが夢だったのかわからない。ただ、夢に入る寸前に、これで楽になる、と思ったことを覚えている。夢の中に誰が出てきたとしても私の責任じゃない。夢の中でなら、中原くんを思い出したって、私のせいじゃない。中原くんの夢は見なかった。気がついたら朝になっていた。

前に、映画のハリー・ポッターの主人公役をしていた男の子を好きになったことがある。映画の中で、彼が突然、その辺の中学校に普通に通っている男の子のように感じられた瞬間があって、そうしたらなぜだかぽわっと好きになってしまったのだ。映画館を出るときには夢うつつで、一緒に観に行った真由や未知花ちゃんにも笑われたくらいだったけど、一晩寝たらすっかりさめてしまっていた。蒲団に入ってファンレターの文面まで練っていたのに、われながら拍子抜けするくらいの素早さだった。

だから、ちょっと考えなくもなかったのだ。中原くんのことも、一夜明けたら過ぎていってしまっているかもしれない。過ぎたほうがよかったのか、残っていてほしかったのか、望んでいたのがどちらなのかわからない。残っているどころか、中原くんの残像は一夜のうちにますます膨らんで私の中を占拠するようになっていた。少なくともここまでは望んでいなかった。こんなことになって、いいことなんてひとつもない。

ひとつもない、ひとつもないね～。

七葉が怪訝な顔で振り返り、私は自分が口ずさんでいたことに気づいた。

「何がひとつもないって？」

「あ、ううん、いいことが」

「そのわりにはけっこう楽しそうだよね」

七葉はそう言って先に階段を降りはじめた。いつもならおかしそうに言っただろう。でも今朝の七葉は笑っていない。私がひとりで浮かれているのがいよいよ間抜けだった。

「あ」

「なに？」

階段の下から七葉が振り返る。

「……なんでもない」

浮かれている。私は浮かれている。昨日まで鼻先で笑っていたあの真由の浮かれ具合と一緒じゃないか。これはよほど気をつけなければ、と私は思った。うっかりすると今に私もくねくねしてしまうかもしれない。階段を降りながら膝を確かめる。両手をかざし、指がまっすぐ伸びているか見る。七葉の態度が硬化しているのはよくわかっていたけれど、七葉しか頼める人はいない。朝のお茶を受け取ってから、隣の七葉にささやいた。

「もしも私がくねくねしてたら、教えてくれる?」

七葉は湯呑みから立ちのぼる湯気のあたりを眺めたまま言った。

「そんなこと、自分でわかるんじゃない」

「ううん、それが、わからないみたいだから心配なんだ」

「ふうん」

七葉は私を見ない。

「お願いね」

「わかった、くねくねしてたらね、あと、なに?」

「なにって」

「くねくねするのだけが心配なんじゃないでしょ」

答えられずにいると、七葉はちょっとだけ笑ってため息をつく。

「いいよ、もしもお姉ちゃんがそんなふうになっちゃったときは、ちゃんと教えてあげる」

七葉は知っている。私はその確信に打たれ、隣にすわる整った横顔を盗み見る。いつのまに? いつもそばにいたはずの、やさしくて素直で可愛い妹。自慢したいくらいの妹だ。誰よりもわかりあえていると思っていた。ほんとうは、七葉にわかってもらっていただけだったのかもしれない。七葉は、昨日の私を見ただけで何かに気づいた。それは七葉がすでにその何かを知っていたからだ。私は七葉が知ったときに気づいてあげられなかった。今の今まで、七葉が知っていることに気づきもしなかった。

昨日中原くんを見た。それだけで、学校の風景が変わった。教室も廊下も友達も昨日と変わらないはずなのに、色合いが違って見える。昨日までのがちゃがちゃした雑多なものたちがひとつのトーンにまとまり、目に穏やかに映るようになった。教室にひとりでいても、中原くんを思うだけで気持ちがなめらかだった。

中原くんは二組で、私は五組。教室は離れていた。もともと交友範囲も狭く、部活もやっていない私が、今までちゃんと会ったことがないのも道理だった。離れていてむしろよかったと思う。もしも教室が近くて中原くんが五組の前の廊下を通るかもしれないとなったら、休み時間のたびに首をまわして廊下ばかり眺めていることになりそうだ。教室が離れているおかげで、誰にも気づかれることなくうっかりしたりぼんやりしたりそわそわしたりすることができるのだ。

すぐに期末試験だった。期間中、部活は禁止となり、中原くんをグラウンドに見ることもできない。余計に膨満した中原くんへの気持ちで私ははちきれそうだった。そのエネルギーを勉強に向けるなんて器用なことができるわけもなく、中学最初の期末試験に惨敗した。胸の中が中原くんに支配されていたからといって、試験が不出来の理由にはできないし、真由がくねくね近づいてきて制服の袖を引っ張るのがやむわけでもなかった。

「麻子ぉ、放課後グラウンドつきあってぇ」

「ごめん、ちょっと今日忙しいんだ」

真由は頬をぷうっと膨らませ上目遣いになる。そういう顔をしても可愛く見えるのはうちの妹くらいだ。

「この頃、麻子、なんか変わった」

「……そう？」

「うん、つめたくなったよ」

そうはっきり言ってもらえるならいっそのこと気持ちがいい。垣内くんの手紙の件以来、もしかしたらそれよりずっと前から、クラスの子たちから敬遠されているような気がする。でも、誰もはっきりとは言わないのだ。私がどこか浮いているのだとしても。

「真由、真由はやっぱりいいね」

「なによ、なにがよ」

「ごめんね」

「だからなにが」

「つめたくしてるつもりじゃないよ、全然真由のせいじゃない」

「じゃあなに。急につきあってくれなくなったよね」

「ごめんね」

真由は一度目を伏せて、茶色っぽい目を上げた。

「あのさ」

瞳がきらきらしている。

「あたしさ」

「うん」

「中原くんと話してみたいと思って」

「うん」

「スポーツドリンク凍らせてきたんだ、それをさ、渡そうと思うの」

「うん」

「だから、放課後、ちょっとだけつきあってほしいわけ」

「う」

「う、じゃない、う、じゃない。すぐ終わるから」

「み、未知花ちゃんは」

「未知花ちゃんはだめ、あの子いい子なんだけど口が軽いから。こういうことは麻子じゃなきゃ」

「私も、口、軽いかもよ」

「麻子が誰に話すっつーの」

言ってから真由は、しまったという顔をした。クラスに仲のいい友達がいないことを私が気にしていると思ったんだろう。真由が気を遣うようなことじゃないのに。

「とにかく真由のせいじゃない、ただ今日はほんとに家の用事があるの、ごめん」

真由はもう一度膨れっ面をしてみせようとして、それから膨らませかけた頬からしゅっと空気を抜いた。目が誰かの動きを追った。中原くん？　視線の先を探しても、中原くんはいない。男子が数人にぎやかに笑いながら通っていった渡り廊下を、でも真由はじっと見つめていた。

「じゃあね、真由」

私は笑って手を振り、そのまま踵《きびす》を返した。

放課後は、グラウンドで中原くんの姿を探してみたかったけど、真由に見られると困るからまっすぐ帰った。

時間の問題だ。いつまでも断り続けることができるわけはない。真由がいろいろな方法で中原くんに近づくのを止められるわけでもない。真由につきあって、たとえば中原くんに話しかけるときにそばでじっと立っている役なんていうのは嫌だ。一方で、真由の脇からでも中原くんを見ることができる、そのこと自体には惹かれている。そうでもしなければ中原くんと近づくチャンスがない。このままなら私は中原くんを遠くで見ているだけなのだ。

だけど、付き添いになるのはどうしても嫌だった。付き添いはあくまでも付き添い。絶対に主人公にはなれない。他のどんなことで主役になれなくてもしかたがないけれど、中原くんに関してだけは、脇役なら降りたかった。中原くんを近くで見て、中原くんに顔を覚えてもらって、それだけでよろこんでいる脇役は、私に似合いすぎていて嫌だった。真由にいつかははっきり断ろう。ひとりで行くべきだ、と言おうか。そんなのは本心じゃない。じゃあ、どうすればいいんだろう。

迷っているうちに、勝手に解決がやってきた。

中原くんとデートすることになった、とはしゃいだ声で電話がかかってきたのはそれからすぐの日曜の晩だった。お兄ちゃんの試合を観に行った帰りに、偶然（と真由は言ったが、そんなはずはないだろう）中原くんと一緒になったので、思い切って映画に誘ってみたらO

Kされたのだと言う。

「俺も観たかったんだ、って。笑いながら言ってくれたんだよぉ」

真由の声はよろこびに満ちていた。

「よかったね」

そのたったひとことを言う間に、受話器を握りしめたままグラウンドの端まで吹き飛ばされたような感じがしていた。あの、中原くんを初めて見た場所から、グラウンドの反対側まで後ろ向きに、一息に。どっちみち私が映画に誘う予定はなかったんだ、それどころか話しかけることだってできなかったに違いない。中原くんがどうせ誰かとつきあうなら真由でよかった。よくはないか。いや、よかった。よくない。よかった。わからない。

「よかったじゃない」

取り繕ったように聞こえなかったか心配になるほど、私の声は上滑りした。

「うん」

真由は私の躊躇など気にも留めず、思い切りうれしそうにうなずく。

「よかったね。うん。おめでと」

「ありがとぉ」

「よかったよ、いやほんと、よかったなあ、はは、よかったよ、あははは」

真由は受話器の向こうで黙った。

「……なんか、やっぱりおかしいよ、麻子」

「おかしくないよ、よかったよ」

「どうかした？」

「どうもしない」

「ちょっと、なんかあったんなら話してよ、中原くんのことはもういいからさ」

「よくはないでしょう」

思わず強い口調で言ってしまって、慌てて言い添える。

「そんなうれしい話はないと思うよ、ほんとによかったと思ってるよ」

「……そう。ありがとう」

それで終わったかと思ったけど、全然終わらなかった。胸がずきずき痛み出したのだ。胸が痛むって比喩じゃないんだなあ、ほんとに痛いんだなあ、と胸に手を当てて私は妙に感心していた。涙が出そうだった。

「映画じゃなかったんですか」

丁寧語になってしまった。私は初めての人に話しかけるのについ丁寧語を使ってしまう。

それがよくないんだよ、と真由には何度も注意してもらっていた。同学年なのに丁寧語を使われると引くのだ、と。

日曜の夕方、駅前広場だった。わたあめの好きな紗英にせがまれ、月に一度の縁日に来ていた。そこに中原くんがいた。サッカー部の練習が午後まであるから、夕方の回の映画に行くことにしたと真由から聞いていた。それなのに、ここにいる。友達らしき数人と、スマートボールをひやかしている。紗英がヨーヨーの水槽にかがみ込み、気に入った色のヨーヨーを釣り上げようと狙いを定めている脇に突っ立って、中原くんがこちらへ歩いてくるのを見ていた。私が見つめていることになんか中原くんはちっとも気がつかなかった。ほんの一メートル先を通り過ぎようとしたとき、思わず口をついて出たのだ。映画じゃなかったんですか。

中原くんはびっくりしたように私を見た。まっすぐな視線が私の瞳孔にぶつかった。受けとめるだけで地面が揺れた。

「今日は、ほら、映画の日だったんじゃないかと」

中原くんは怪訝そうに首を傾げた。その首の角度に、心臓が大きく反応した。中原くんが首を傾けるだけで、私は息が苦しくなる。だけど中原くんは言った。

「安く観られる日だっけ、映画の日って」

とぼけているつもりだろうか。

「あの、真由、楽しみにしてましたけど、じゃない、してたけど、映画」

「誰、真由って」

「真由、芳本」

これじゃ外国人みたいだ。焦ると倒置法が出るのは私の癖だ。

「芳本真由、サッカー部の芳本先輩の妹。一年一組の。茶色っぽくて、あ、髪とか目とか。えと、声が高くて、わりと可愛くて、」

説明しながら、不毛だと思っていた。こんな説明、何の意味もない。つい声が大きくなった。

「今日、約束してたでしょ、真由はすごくよろこんでたんだよ」

しゃがんでいた紗英が振り返り、私を見上げている。いけない。よろこんでたなんて言っちゃ真由が不憫だ。真由だってべつにそんなによろこんでたわけじゃないみたいだけどね、くらい言えばよかった。中原くんは困ったような顔をしてじっと私の肩のあたりを見ていたけど、視線を上げ、言った。

「人違いだと思うけど」

「違わない。中原くんでしょ、しらばっくれないでよ」

その途端、中原くんはひゅうっと息を吐いた。

「中原なら別のやつ。俺じゃない」

「え」

「俺、木月っていうの。真由って子はほんとに知らない」

そういうと木月くんは少し離れたところで待っていた仲間のほうへ走っていってしまった。

私は口をぽかんと開けたままその後ろ姿を見送った。紗英が木月くんを目で追って、だあれ？ と訊く。木月くん。木月くんていうんだって。ふうんと言っただけで紗英はまたヨーヨー釣りに戻る。つまり、中原くんは木月くんだった。真由の中原くんが本物の中原くんで、私の中原くんとは別人だったんだ。最初にグラウンドで真由が指した人を、私が勝手に間違えて思い込んでしまった。だって、あのときにグラウンドでひとりだけ特別に光って見えたのは、あの子だったんだもの。

これでふりだしに戻った。一度ゼロになった気分だった。こっそり、中原くん、と呼んでは頬を熱くしていた私はいったいなんだったんだ。木月くん、と小さな声で呼んでみる。やっぱり頬は熱くなる。中原くん、と呼んでも熱くなるけれど（試してみた）、まあ、追々慣れると思う。その晩は、何度も何度も木月くんを思い返し、なかなか寝つけなかった。人違いでもなんでも、初めて話すことができたのだ。真由には感謝しようと思う。

翌日の昼休み、中原くんを「彼」呼ばわりするようになった真由に、本物の中原くんを紹介された。眉が濃くてむっと男くさい、ちょっと後ずさりしたくなるような子だった。木月くんが中原くんでなくてよかった、と思った。

ちなみに木月くんは二組でもなかった（二組なのは本物の中原くんだ）。まさか隣のクラスだったなんて、思いもしなかった。どうして今まで気づかなかったんだろう。ともかくこれで、これからの私は休み時間には廊下ばかり見てますますクラスから浮いた存在になるのが決まったようなものだ。なにしろ、隣の教室から出てくる木月くんとばったり会ってしまったのだ。こんな偶然をこれから期待しないはずがない。木月くんは私を見て、あ、と言い、するするっと笑顔になった。それから私の顔をのぞきこむようにして、「木月だよ、俺」と小声で言った。

「うん、こないだはごめん」

それだけですれ違っていってしまったのだけど、私の胸は光るような水色でいっぱいになった。あとからあとから笑みが湧いてきて、歩きながら廊下にこぼれてしまいそうだった。話せただけでこんなにうれしいなら、真由みたいに一緒に映画に行けたらどんなにかうれしかっただろう。真由が中原くん絡みでへんてこなことをしたって大目に見ようと思う。くすくすくす。これからは木月くんは、と思い出して、また唇の端から自然に笑みがこぼれる。

たぶん、私の名前を知った。一瞬、胸の名札に木月くんの目がいったのがわかったから。くすくすくす。気がついたら、声にならない声を漏らして笑っているのは私なのだった。私はくすくすがやむまで廊下をずんずん歩き、校舎の外れまで来てしまった。チャイムが鳴って慌てて教室に戻ったときには、もう授業は始まっていた。

紗英が話すとは思わなかった。縁日のときお姉ちゃんが男の子と話してたよ、と言ったのだそうだ。紗英め。なんで私のいないところで喋るのか。七葉は紗英のせいじゃないと言う。

「お姉ちゃん、ばればれだよ、紗英のせいじゃない」

「もしかして、私、くねくねしてるとか」

七葉は笑って首を振る。

「だいじょうぶ、くねくねはしてない。でも誰だっておかしいと思うよ、ひとりでぼうっとしてたり、急に笑い出したり、親の仇みたいにピアノを猛練習するようになったり」

指摘されて恥ずかしくなる。そうなのだ、この頃些細なことが楽しくて、ピアノも弾きたいし、本も読みたい、母から料理を習うのだって今までになくわくわくするし、ぼんやりすることさえもうれしい（ぼんやりと木月くんのことを考えているのだから）。

終業式の朝、私は焦っていた。今日を逃すとしばらく木月くんとは会えなくなってしまう。

遠くからでもいいから姿を見たい。できることなら話をしたい。それを長い長い休みの拠り所にしよう。そう考えていたのに、結局私にできたことは生徒玄関の陰で木月くんが通りかかるのを待つことくらいだった。

明日から、夏休み。——解放感に浮き立つ生徒たちのにぎやかな声が飛び交っていた。ずいぶん遅いな、と心配になった頃だった。木月くんは来た。薄暗い廊下の向こうから、両手に大きな荷物を提げて歩いてくる。友達に囲まれていたようにも思う。でも私の耳には心臓の鼓動の音しか聞こえないし、目には木月くんしか映らない。明日から姿を見ることができなくなるかと思うと、瞬きする間も惜しかった。

木月くんは私に気がついた。すぐ目の前を通り過ぎそうになって、思いがけず立ち止まった。

「あのさ」

木月くんは軽い感じで私に言った。

「縁日のとき、会ったじゃない」

「うん」

「あのときの服、すごく似合ってた」

木月くんはシャッターを切るみたいに大きな瞬きをすると、

「じゃあ、ばいばい」と手を振った。

「ばいばい」

私もつられて手を振り返す。

その瞬間から、九月一日が希望になった。学校がこんなにありがたい場所だと思ったことはない。新学期、ここに来ればまた木月くんと会える。

すごく似合ってた、という言葉と、声の調子と、そのときの木月くんの表情を、私は思い出さないことに決めた。あんなふうにいいものは、大事にしまっておきたいと思った。思い出すのがもったいない。長い休みの間に挫《くじ》けそうになったら、ときどき取り出してこっそり眺めることにしよう。


サッカー部の練習を観に行きたいという真由につきあうことにしたのは当然だろう。しぶしぶ、という顔をつくり、その実、弾むような足取りで夏休みのグラウンドまでついていった。木月くんはいなかった。その日をあきらめ、何度か足を運んだけれども一度も見ることはできなかった。長い旅行にでも行ってるんだろうか、と私は思った。木月くんと会えない夏休みはただ暑くて長くて、私は一日に何度もカレンダーを睨み、九月が来ることだけを待っていた。

夏休みが明けた日、登校した私は教室のどこかが変わっていることに気づいた。景色が変わっていた。椅子のすわり心地の悪さは入学以来だけれど、視界が狭く、空気が密になっているような感じがする。教室を見まわし、思い当たった。男子の変化だ。たったの夏休みの間に、背を伸ばし、肌を焼き、顔を四角くしていた。黒っぽくて大きな障害物がそこらじゅうに立っているみたいな感じだった。背の高さで目立っていた垣内くんが、普通の男子になっていた。女子のほうにはあまり変わりがないように見えた。男子がやっと女子の足もとまで追いついてきたのだ。

木月くんはどうなっているだろう、と思う。もしも木月くんが他の男子と同じように大雑把に身体を大きくしてしまっていても、きっとあの水色が薄まることはないだろう。そう思うだけで気持ちが明るんだ。早く木月くんを見たかった。

始業式の間じゅう隣のクラスの列を眺めていた。視界に入るのは、十いくつ並ぶ後頭部と肩のあたりまで、それでも木月くんがわかる自信があった。視線を何度も前後させ、ときどき先生の目を盗み振り返って後方を確かめた。けれど、木月くんを見つけることはできなかった。

始業式の後、教室へ戻ってからも私は居ても立ってもいられない気分だった。あんなに楽しみにしていた九月一日が、木月くんなしで終わってしまう。この四十日が、どれだけ長かったことか。もう一日だって待てなかった。私は意を決して隣のクラスに行き、後ろのドアから教室をのぞいた。空いている席はなさそうだった。でも木月くんはいない。どういうことだろう。顔見知りの女の子が廊下へ出てきたので、訊いてみた。私と同じ保健委員をしている子だった。

「誰か休んでいる子はいる？」

その子はちょっと考えてから、いないと思う、と言った。

「思う、じゃなくて、ほんとにいない？」

相手がむっとするのがわかった。そうして、その子が口を開く前に私は初めて人前でその名前を口にした。

「木月くんは？」

ああ、とその子は言った。一学期で転校したよ。

「あ、そう」

あ、そう、と言う自分の声が他人の声みたいに聞こえた。呼吸が止まった気がした。息をせず、脳も使わずに発声できる精いっぱいの言葉だった。四組の保健委員の川口さんは、怪訝そうな顔で廊下を歩いていってしまった。私もこのまま帰りたい、と思った。でも、このまま帰ったら、家までたどりつける自信はなかった。

「さあさ麻子も」

祖母が促す。床の雑巾がけをすると言うのだ。学校から帰るなり、待ちかまえていたように雑巾を渡された。気分がとても悪いのだ、と言いたかった。でも口を開く力もない。瞼だって半分しか上がらないような気分だ。気分のほかに機嫌なんてものを足すなら、今すぐバケツを蹴飛ばしたいくらい悪かった。機嫌の悪さを隠さないのは行儀が悪いと幼い頃から教えられてきたけれど、それでも今日は隠すことができなかった。床が特に汚れているわけでもない。夏休みならともかく始業式の日からどうして雑巾がけをしなくちゃならないのか。私がいつまでも雑巾を取ろうとしないので、祖母は固く絞った一枚をわざわざ私の手を取って持たせた。

「幽霊みたいな顔してるよ、この子は」

私は首を振った。

「やりたくない」

「なにを?」

「今日はやりたくない、雑巾がけ」

そう言って雑巾を祖母の手に返す。

「やりたいかどうかなんて聞いてないよ、やるものなんだよ」

落ち着いた声で祖母が言う。嫌だ、と私が言うより先に七葉が言った。

「お姉ちゃん、ほんとに具合悪そうだから、今日は休んだほうがいいよ」

黙ってやりとりを見ていた紗英が、祖母の顔を見上げて言った。

「さえ、あーちゃんのぶんもやってあげる」

祖母は表情を変えずに言った。

「七葉と紗英に免じるよ、麻子、上へ行って寝なさい」

私は返事をしなかった。寝ることまで命令されたんじゃかなわない。思えばいつも祖母は命令口調だったような気がしてくる。実際にどうだったかはわからない。気がするだけだ。でも今は気がするだけでじゅうぶん不快だった。何も考えたくない。七葉の気持ちも、紗英の好意も、うっとうしい。私は無言のまま祖母と妹たちに背を向け、階段を上った。

その晩、熱を出した。気づいたときには三十九度を超えていて、すでに起き上がることができなくなっていた。粘るような汗をかき、身体じゅうの関節がぎしぎし音を立てる。木月くんがいなくなってしまった事実に、身体がついていけないのだと思った。悲しいとかさびしいとか口にするより先に身体が反応している。自分の身体の素直さが誇らしいようだった。悲しくて食欲もないはずなのにお腹が空くとか、さびしいからせめて夢の中で会おうと願って眠ったのに全然関係のない南国の珍獣の夢を見たとか、そういうちぐはぐさがなくてありがたい。私はつまり全身で悲しみ、さびしがっているのだ、と思うと熱を出していても満足だった。

学校を四日休み、なんとか起きていられるようになった日に、七葉が倒れた。熱を測ると四十度あった。原因はわかっているから医者には行かないと言い張った私と違い、七葉は素直に医者にかかった。プール熱、と診断された。高熱が出て舌が真っ赤になるそうだ。感染力が高いとも言われた。誰か身近に高熱を出した人はいませんか、と訊かれたらしい。

「います、って答えたんだけどね」

母が言う。

「七葉が、違うって言うのよ。お姉ちゃんのは違う、感染する病気じゃないって」

そう言って母は、私の顎に手を添えた。

「どれ、舌を見せてごらん」

私の舌が赤いわけがない。プール熱なんかであるわけがないんだから。舌を確かめてもらえばよかったかもしれない。だけど私はきつく口を結んで開かなかった。今日はもう、朝からお腹が空いていたのだ。それが私を腰抜けにした。たったの五日でお腹が空くくらいなら、悲しくたって食べることはできるのだと初めから思い知らされたほうがましだった。

プール熱じゃない。たまたまウイルスに感染していたかもしれないけれど、そんなことで熱を出したんじゃない。そう訴えたい気持ちを七葉だけがわかってくれる。私はこっそり蒲団を抜け出て、隣の蒲団に寝かされている七葉の枕元にすわった。ありがとう、と言いたかった。上気した頬と黒いまつげが、七葉をいつもより幼く見せていた。

七葉、と私は呼びかけた。七葉、なのちゃん。

ん、と七葉がかすかに目を開ける。私を認め目尻に淡く笑みを漂わせる。呼吸が浅い。その荒い息にぐっと胸がつまってしまい、私はただ七葉の手を握って呼びかける。

「なのちゃん」

それから、それだけじゃ足りないような気がして、言葉を探す。手近に見つけた言葉をひったくり、そのまま唇に載せる。

「なのちゃんのためだったら、私、」

と言い、ほんのわずか迷ってから、息を止め、終わりまでささやいてしまう。

「なんでもしてあげる」

早口に言い終えた瞬間、果物が発酵するような匂いを嗅いだ。ほんのひと押しで腐ってしまいそうな、押しつけがましい匂い。強烈な甘さを発散させている。なんでもしてあげる。その言葉の放つ匂いに酔い、ふわっと気分が昂揚するのがわかる。そのとき、隣の部屋から、からかうような祖母の声が聞こえてくる。

「うん？　それ、ほんとかな」

途端に私は発熱する。七葉に負けないくらい熱くなる。それがほんとのはずがない。七葉のためになんでもしてあげられる自信なんか全然ない。自信どころか、そんな気持ち自体、ほんとはないんじゃないか。これまで一度だって順位を考えたことなんかなかったのに、七葉はいきなり二番になってしまった。

タンポポの綿毛が飛ぶような、紗英の笑い声が続いて起こる。襖《ふすま》を隔てた部屋で祖母に遊んでもらっているのだ。ほんとかな、と言った祖母の声も、実際は紗英に向けられたものだったろう。でもそれは私の胸に突き立った。熱に浮かされる七葉の額の汗を拭く。ガーゼを握った手がかすかに震える。私はほんとうのことが言えない。ほんとうのことがわからない。ほんとうだよ、なんでもしてあげる、と言ってしまえない自分をとても遠くに感じている。

祖母の声はきっと七葉に聞こえなかった。それだけが救いだ。目を閉じ、華奢な鎖骨を上下させ、七葉はまた眠りに落ちていた。

No.2

干した林檎、葡萄、杏、カランツ、オレンジやレモンの皮、それに色とりどりのベリー類。十月に入ったら、干した果物を洋酒に漬け込んで、ゆっくり蕾が膨らむのを待つ。果物の弾むような甘さと、ラムやグレナデンやコニャックの深くたゆたうような香りとが交じりあう。十二月には惜しげもなくそれらを混ぜ込んで、クリスマス・プディングを焼く。

同じ話を聞いて、どうしてこうも印象が違うのだろう。一度は学校の友人から。地学部の、春木さんからだった。

「それでね、今年はドライマンゴーも漬け込んでみたの。ちょっと足しただけなのに香りが全然違うのよ。十二月が楽しみ」

歌うように話した後、同じ地学部の女子のあちこちから、へええ、お酒に、ふうん、二か月も、と曖昧な返答が上がった。春木さんは周囲の反応など特に気にしていないようで、椅子から斜めに伸ばした足を揺らしながら、天体の運行写真をぱらぱらとめくった。

その話なら知っている。私は少し離れた席から、いつも口元に歌を携えているような春木さんの横顔を見た。きっと毎年この季節には、春木さんとおかあさんが、そしてもしかしたらお手伝いさんも手伝って、クリスマスを迎える準備としてドライフルーツを洋酒に漬け込むのだろう。疑っているわけではない。でもどうしてだかそれは上滑りのする、たとえば丈の合っていないカシミアのコートを羽織っているような、居心地の悪い話に聞こえてしまう。もう一つの話を、去年の冬に聞いていた。それは取り立てて話題にするほどのことでもない、日常の一コマとして話された。風景みたいに聞こえた。だから、心が動いたのかもしれない。

恒例の、とさえ慎は言わなかったのだ。それでかえって干した果物の気配が立ち上がるように薫った。

「クリスマス・プディング?」

私は訊き返した。七葉も紗英もそばにいて、慎の灰色がかった目を見ていた。

「プディングって、プリンのことだよね」

少し得意げだったかもしれない。プディングのディを英語っぽく読むと、リに聞こえる。不思議の国のアリスだとかマザーグースだとか、プディングの出てくる本を目で読んでいるときには気づかなかったプディング=プリン同一説を発見していた私は中学三年生だった。

「ああ、卵と牛乳でつくる日本のプリンとはちょっと違う。あんなに甘くないんだ」

慎はしみじみとした声でそう言った。

「クリスマス・プディングは、そうだな、小麦粉と果物を混ぜて蒸したようなお菓子だ」

しみじみしていたわけではないだろう。ただ、慎の声はどんなことを話してもしみじみするような声だった。小学生の頃から涼やかな声だったと母は言うけれど、そういえば今は涼しいのを通り越して冬みたいな声だ。冬の夜、誰もいない公園の中を月に照らされて歩くみたいな感じがする。

「小麦粉を蒸すだけ？　それでおいしいの？」

私がなおも訊くのを、七葉が黙って見ていた。紗英は途中で興味を失ったらしく、ソファに深くすわり直して、冬休みの課題図書だかなんだかを読みはじめていたと思う。

慎は微笑を浮かべて話してくれた。

「冬が来る前にいろんな果物を洋酒に漬け込んでおく。クリスマスが近づいたら、小麦粉や卵と一緒に混ぜて麻の袋に詰める。それを袋ごとゆっくり蒸すんだ、長い時間をかけて。部屋に蒸気が漏れて、窓が曇る。曇った硝子を見ると、もうすぐそこまでクリスマスが来てるんだって、どきどきしたよ。濃い果物と洋酒の匂いで目眩《めまい》がしそうだった」

七葉と私はそのとき果物とお酒のとけた蒸気を胸いっぱいに吸い込んだのだと思う。少し酔ったような気がした。七葉の頬も桃色に染まった。

本から顔を上げ、紗英が訊く。

「おいしい？」

慎は目尻を微笑でゆるめる。

「そうだね、あんまりおいしいものだとは言えないかもしれない」

「なんだ」

紗英が本に目を戻す。そのとき、慎は言ったのだ。

「クリスマス・プディングっていうのは、冬の約束みたいなものなんだよ」

今、私はそのときの白い月の光のようだった声を思い出す。冬の約束、と言ったときの、月明かりの下で静かに笑っているみたいな慎の声。私にとっては苺のケーキを食べてプレントをもらう冬の風物詩みたいだった日が、このとき、何か特別な響きを持つ新しい一日に変わった。

冬の約束も、クリスマス・プディングも、無声音でささやかれるのがふさわしい。地学部で春木さんの口に上ったクリスマス・プディングは、慎のものとはまったく違う香りがした。

私は地元の共学の公立高校に通っている。中学のときに仲のよかった友達は私立の女子校に進んだ子が多い。だけど私には特に行きたい学校もなかったし、家に経済的な余裕があるわけでもなかった。公立か私立か、共学か女子校か、悩むこともない。男子がいてもいなくてもかまわない。その点については父の主張が通ったともいえる。

以前から父は共学がいいと言っていた。世の中、男と女で成り立っているのに、大半の時間を過ごす場所に男がいないのは不自然だ、と言うのだ。母はどちらかというと逆の意見で、女子校のほうが自立心が育ちたくましくなる、と言った。若いうちから男女差を意識することはない、せめて三年間だけでも女子だけの学校にいることには意味がある、と控えめながら主張した。

私は、女子校か共学かで学校を選ぶつもりはなかったから黙って聞いていたのだけど、母の発言に、おや、と思ったのだ。すると母は共学の高校を出て、自立心があまり育たなかったことを後悔しているのだろうか。

どちらにしろ、男子がいようがいまいが関係ない。自立するかどうかはそんなことで決まるものじゃないと思う。結局私は、校風重視、二番目に成績、三番目に交通の便を考え、今の共学校に決めた。

小学校、中学校といちばん親しかった真由は、女子校を選んだ。真由の話を聞く限りでは、女子校に通う生徒のほうが「男」を求める気持ちが強いようだ。男がいなければ自立するはずが、どうも逆の傾向があるみたいだった。男といってもボーイフレンドや恋人や、そういう具体的な男そのものを指すのではなく、男という言葉が持つイメージに惹かれるらしい。

「男子がいたっていなくたって、なんにも変わらないと思うけど」

私が言うと、真由はちょっと笑ってストローを離した。

「それは共学の子が言う台詞。実際、女子だけだとすっごいよー、会話も態度も身も蓋もないって感じ」

「でもみんながみんな、そんなにオープンなわけでもないんでしょ」

「そりゃあね」

真由は視線を外し、

「オープンかどうかでいったら、共学のほうが開けてる気がする。女子ばっかだとどうしても閉じてるよね」

そう言って、なんだか目に力がなくなった。女子だけの閉鎖的な空間に窮屈な思いをしているのかもしれなかった。

「男子なんて面倒なだけだよ」

私が言うと、やっと真由が笑った。

「知ってる」

ほんとうに男子が面倒だと知っているのか、私が男子を面倒だと思っていることを知っているという意味なのか、よくわからない。でも、真由はちょっと元気を取り戻したみたいだった。

「だよね、意地の悪い子って男子がいてもいなくても意地悪だもんね」

「男子の前だと急にかわいくなっちゃう子もいるけどね」

ああ、ああ、と私たちはうなずき、笑いあった。

真由がどうして女子校に進んだのか、私は知らない。制服が可愛いから、とか、評判がよかったから、だとか言っていたけど、あんまり信用はしていない。真由は中一のときにサッカー部の中原くんとつきあいはじめて仲良くやっていたのだけど、三年の春の修学旅行を境にうまくいかなくなった。夏前には別の子とつきあい出し、秋になってまた別の子とつきあい、でもそれも二股をかけたとかかけられたとかで揉めていた。受験の頃にはちょうどそういうようなことが面倒に感じられたのかもしれない、と私は思っている。

私のほうは、三年間、というよりこれまでの十五年間、誰ともつきあったことがない。カタブツだなんてずいぶん古めかしい言葉だなあと笑ってしまうけど、それでも陰でそんなふうに言われているのを知れば気分のいいものではない。ますます器量のよさが目立つようになった七葉がひとつ下の学年にいたことで、変な注目を集めたことも災いした。滅多なことを言われたくないという警戒心が働いていたのだと思う。妹はあんなに可愛いのに、お姉ちゃんはあの程度で、しかもボーイフレンドがあれじゃあねぇ。そんなつまらない風評を怖れていたのも確かだった。

そういえば七葉にもつきあっている人はいない。理由はわからない。興味がないのだと本人は言う。

「そうだよね、べつに、男子に興味ってないよね」

私たちはうなずきあう。

でも、ほんとうは、ちょっと違う。男子全般には興味はなかったけれど、ひとりにだけ私は執着していた。木月くんだ。突然目の前に現れて、たったの数週間でまたいなくなってしまった男の子。七葉は気づいていた。でも、何も訊かなかった。私も話さなかった。

私たちはそれまで通り、仲のいい姉妹に違いなかった。それでも、どこかが変わってしまっていた。明らかにそれとわかるような大きな違いではない。たぶん朝一番に飲むお茶にほうじ茶よりもミルクティーを好むようになったとか、見る夢によく出てくる動物が変わったとか、そんなような違いだ。

木月くんが現れ、そしていなくなり、私のどこかに穴が空いた。もともとあった穴に気づいたというほうが正確だろうか。気づいたときには手遅れだった。埋めようとして埋められる穴ではない。どんなときでもその穴から空気がしゅうしゅう漏れていくのを私は感じていた。

正直に言うなら、私は木月くんの顔さえ正確に覚えているわけではなかった。そんな程度の間柄でしかなかった。夏のグラウンドで友人たちに混じって走っていた姿や、縁日で偶然会ったときの戸惑ったような表情、それに廊下ですれ違うときのいたずらっぽい瞳、そんな断片が一瞬よみがえるだけだ。あとは、どんなに思い出そうとしてもはっきりとした像を結ぶことはなく、追えば追うほど逃げる陽炎《かげろう》みたいなものだった。最初のうちこそそのことに苛立っていた私も今ではすっかり慣れ、何かの拍子に木月くんの水色を思い出せればそれで満足するようになった。

かえって思い出すつもりのないときにふっと強烈なデジャヴにとらわれることもあった。中二の秋に、マルツ商会の棚に置かれていた古いびいどろを日にかざしてみたときに、木月くんそっくりの淡い水色が生まれ、私は驚喜した。それから何日間かはよろこびの余波でしあわせに過ごした。

木月くんがいなくなって三年が経ち、デジャヴの間隔は遠のき、思い出せる欠片は小さくなった。初めから木月くんなどいなかったのだ。そう思ったほうが自然なくらいだった。それならもう一度誰かを好きになるだろうかと考えることもある。わからない。想像もつかない。穴は空いたまま埋まらず、漏れていく空気を私は気にした。七葉とはどこかがずれたままだった。

だから、というのか、なのに、というべきか、次の波が来たときは様子が違った。気づかないうちに潮が満ちていて、足もとはすでに波に洗われていた。安全なはずの砂浜は、振り返った先のはるか後ろへ退却していた。

木月くんのときが特別だったのだ。何月何日の何時にどこで好きになったのか、はっきりとわかるような始まりだった。そのせいもあって今度の波が新しく感じられたのかもしれない。いつ好きになったのか、わからない。いつから好きだったのか、と考えれば、ずっと好きだった、と言うことはできる。ほんとうに、ずっと大好きだったのだ。じゃあ、大好きな人が、好きな人に変わったのはいつ？　あれかこれかと遡《さかのぼ》って、思い当たったのがクリスマス・プディングだった。

同じ部に所属する友人の口から、味覚も嗅覚も刺激されないクリスマス・プディングの話を聞いたとき、私の頭にもうひとつのクリスマス・プディングが浮かんだ。それらを愛おしいと思ったのだ。見たこともないけれどきっとその家の伝統が受け継がれたようなプディングと、その話をしてくれた冬の朝のような声を。

愼の母はイギリス人だ。外国の人だというだけでまさか祖母の気に入らなかったわけでもなかろうが、愼の父は家を出た。愼の父の弟にあたるのが私の父だ。マルツ商会は次男が継いだことになる。

「もともとああいう骨董だとか内に籠《こ》もるほうに向いてなかったんだな俺は」

伯父は快活に笑う。小さな貿易会社を自分で興した。でも、その息子があれほど骨董や古道具に興味を持つ様子を見ていると、伯父の口実がほんとうかどうかはわからない。ともかく、伯父は家よりも妻を選んだ。うちの父だって、家より妻を選んだと思う。そうであってほしい。でも、選択を迫られる前に、妻である私の母は祖母に受け入れられた。それはよかった、と素直によろこべるほど私はもう子供ではない。祖母に受け入れられたがために、母の道は決まった。父と結婚するために、この家で暮らすために、私たちを生み育てるために、ずいぶんたくさんのものを置いてきてしまったんじゃないか。

そんなものがなによ、と母が答えるのを実際にこの耳で聞いたことはない。でももし私が質問をすれば、きっとそう言って笑うのだろう。あなたたちとここでこうしてしあわせに暮らす以外になにがいるっていうの?

母は義理の甥にあたる愼を可愛がった。伯父と仲違いをしたはずの祖母も、愼を連れた伯父がこの家に出入りするのを拒むことはなかったらしい。初孫が可愛かったのだ。愼さえいれば、不肖の長男とも和やかに話した。それでも伯父は妻を連れては来なかったし、泊まっていくことも一度もなかった。

慎は都心の大学を卒業すると、母校とは違う大学の修士課程に進んだ。それが、家の裏を流れる大きな川の、ちょうど向こう側にある。こちらがカーブの外側で、あちらは内側だ。外より内のほうが栄えているのが世の常で、だから慎も内側に住むのだとばかり思っていたのに、意外にもこちら側にアパートを見つけたという。父も母も、それから祖母も私たち姉妹も手放しでよろこんだ。慎はわが家の静かなアイドルだった。

「これからはしょっちゅう会えるね」

「いっそのこと、毎日うちでごはん食べていけばいいのに」

はしゃいだ私たちに、そういうわけにもいかんだろう、と言ったのは父だ。でも、父にとっても慎は可愛い甥だったし、一目を置く存在でもあったと思う。店の品々を手に取っていつまでも語りあえる貴重な相手のひとりであることは間違いなかった。

週に一度、七葉に家庭教師をしてくれないかと頼んだのも父だった。事前に母とは相談していたかもしれない。でも、当の七葉には初耳だったようで、顔を真っ赤にし、胸の前で両手を大きく振ってみせた。

「いいよ、ちゃんと自分で勉強するもん、お姉ちゃんにも教えてもらえるから、いいよ、いいよ」

そのあまりの動じようが少し気になった。七葉はもうすぐ受験なんだし、苦手な英語をみてもらえばいい。七葉は助けを求めるように私を見、私が、口の形だけでナンデ？　と問うと、七葉も、ダッテ、と唇を動かし、そのままうつむいてしまった。

結局、慎は家庭教師を引き受け、そうと決まってしまえば七葉は恥ずかしがったり、まして嫌がったりするそぶりは一度も見せず、むしろ目に見えて英語の勉強に精を出すようになった。

「麻子も教えてもらえば」

七葉の様子に母がうれしそうに言う。私は首を振る。それから、前から考えていたことを言う。

「それよりさ、大学の図書館に行ってみたいんだ、慎ちゃんに頼んでもいいかな」

「なにか調べ物？」

「うん、近代史の」

「じゃあ、慎ちゃんに訊いてみたら」

うん、そうしてみる、と私は言い、そのときにはもう頭の中に大学での慎の姿が浮かんでいる。学外者の利用には紹介が必要だという図書館に私を連れていってくれる慎。図書館に続く銀杏の並木や、その下で立ち止まって研究室の友人と話している慎。慎をうまく思い浮かべることができて、胸が明るくなった。

ある晩、慎も一緒の夕食の席で、父が軽い調子で言った。

「大学生ってのは合コンだなんだって遊び歩くのに忙しいみたいじゃないか。慎はどうなんだ」

「慎は合コンなんてしませんよ、勉強するために院に入り直したんですから」

祖母が即座に答えた。

「そりゃあ勉強が第一だろうさ、だけど息抜きだって必要だよなあ」

私たちは何気なさそうに晩ご飯を食べながら、その実、興味津々で慎の反応を窺った。

「特に合コンというのはしないけど」

慎の答はめずらしく歯切れが悪かった。するんだ。してるんだな、と私は思った。七葉や紗英にだってそれくらいわかっただろう。慎は照れくさそうに続けた。

「男女半々で飲みに行ったりすることなら、半年に一回くらいあるかな」

七葉と私は顔を見あわせた。それ、ほんとう？　それを合コンと呼べるのか。私は笑い出したい衝動をひそかに抑える。合コンというのはもうちょっとなにか違うだろう。高校生の合コンにだってもうちょっと「なにか」ある。紗英が屈託なく割り込んだ。

「慎ちゃんには彼女がいないんだね」

和やかだった会話がぷつっと途切れた。隣で七葉の箸を持つ手が止まったのがわかる。祖母は無言で紗英を見つめ、たしなめようとしていた。彼女がいるかどうかなんて、あなたがこの場で気軽に聞くようなことじゃありません。祖母の目が語っていた。もちろん紗英はお豆さんだ。祖母の視線になどまるで気づかないふうに八宝菜に手を伸ばした。慎は笑って、そうだね、と言った。

彼女だとか彼氏だとか、そういう言葉がこの食卓に上ったことはなかった。うちでは男女交際の話題はタブーだった。タブーというより、秘めごとといったほうが近いだろうか。禁忌ではないが、お日さまの下で明るく語られる範疇《はんちゅう》にはない。うちの秘めごとは、慎の父と祖母との軋轢《あつれき》から始まったのかもしれないし、この古い家に染み込んでいる昭和だとか大正だとかの価値観みたいなもののせいかもしれなかった。他の家のことは知らない。真由の家の両親は男女交際にも割合さばけているのだと聞いたことがある。好きな人の話も普通に話題に上るのだと。でもたぶん、暗黙の了解のようなものはどの家にでもあって、紗英のような者が無邪気を装って破るまで厳然と機能し続けるのだろう。

ともかく、慎には彼女がいないらしい。なんとなく、うなずけた。そして、なんとなく、うれしかった。彼女はいないか、もしくは長いつきあいのきれいな彼女がいるか、どちらかだろうとこっそり予想していたのだ。予想に反していたのは、私が必要以上にうれしくなっ

てしまったことだ。お腹の底からあぶくのように笑いがこみ上げてきて、ぷくぷくぷくぷく
いつまでもうれしかった。

その晩の帰り際、何気なさそうに私は慎に近づいた。

「慎ちゃん、今度、一緒に連れてってくれない？」

慎は目を上げ、ちょっと笑っているような声で答えた。

「いいよ」

いいよ、と言われて私は困った。どこに連れていってほしいと頼んだのか、慎にはわかったのだろうか。大学の図書館に、と言うつもりだった。怪訝な顔をしている私に向かい、慎はもう一度うなずいて、いいよ、と小さく言った。よくわからないまま私はうなずき返し、そうしてそれが釦《ボタン》だった。はっきりと意図しないうちに釦が押されたのだ。振り向くと、潮が満ち、砂浜は離れようとしていた。いいよ、と慎が言ったのだから、私はもうそれでいい。慎がどこへ連れていってくれるのか、その場所が私の連れていってほしい場所のような気がした。

春木さんというのは変わった人だった。なにか、どこか、間違っていた。なにが、どこが、と訊かれると答えるのがむずかしかったが、間違っているとしか言いようがない。教えられ

なくても、あれが彼女だ、とひと目でわかる容姿を持っていた。きれいかと訊かれればそうではないとも言い切れないけれど、しいて言うならまだ地球に慣れない宇宙人みたいな感じなのだ。左右非対称の顔からは、読み取ることのできない電波が漏れてくるようだった。

雨の日には校門のところに黒塗りの車が横付けされ、春木さんが現れると運転手がさっとドアを開け、傘を差しかけるのだという。調理実習のときは薄い絹の手袋をする。手が荒れないようにだ。

「なんでそんな人が公立になんか来るのよ」

憤慨したような声で噂されるのを聞いたこともあった。でも、しばらくすると、誰もそんな話をしなくなった。実害がなかった。お抱え運転手は控えめで礼儀正しかったし、春木さん自身、そういう人によくありがちな、人を見下す態度を取らなかった。見下すわけないな、と課外クラブで初めて間近に春木さんと接した私は思った。自分と私たちが初めから同じ人間だとは思っていないのだ。人種じゃなくて、住む星が違う。浮いているどころではなく、宙に浮かび上がるようだった。廊下に足が着いていない。もちろん本人はそれを気にしていない。周囲に溶け込もうとする気配は微塵もない。かといって、断絶しているわけでもない。必要なときは普通に話もしたし、クラブ活動に支障を来すこともなかった。

その春木さんが、話しかけてきた。話しかけられているのが私だということに気がつくまでに数秒かかった。

「『飢餓海峡』、面白かったね」

個人的な話を、まったく個人的ではない、まるで社会科のレポートの発表をするみたいな口調で言う。でも、たしかに面白かったのだ、『飢餓海峡』は。それで、私はうなずいた。

「高校生、ほかにいなかったから、すぐわかった。大学生？」

春木さんに訊かれ、私はまたうなずいた。春木さんは満足そうにうなずき返すと、席に戻った。会話はそれで終わった。なんなの今の、と周囲の子がささやくのが聞こえた。

土曜に映画を観に行った。『飢餓海峡』という四十年も前の邦画で、画面がやたらと荒れてささくれだっていた。大学生かと春木さんが訊いたのは慎のことだ。慎が私の隣の席にいた。ふたりで隣の隣の隣町の古い映画館までバスに乗って観に行った。不便な住宅街の中にある映画館は、バスを乗り継いでまで行く甲斐のある居心地のいい映画館だった。映画がよかったからかもしれないし、隣に慎がいたからそう感じたのかもしれない。春木さんが同じ映画を観ていたとは気づかなかった。たしかに、高校生など他にいそうもない客席だった。

誰？　春木さんなら遠慮もなく訊きそうだ。慎は誰に見えるだろう。私の、やっぱり従兄に見えるだろうか。従兄でしかない従兄に。訊かなかったのだから、訊かなくてもわかるような関係に見えたのかもしれない。それは、ぞくぞくする思いつきだった。私は春木さんに今すぐ話しかけたくてしかたがなかった。

「誰だと思う」と訊く。

「隣で映画を観てた大学生、誰だと思う」

無論、訊けない。ばかげた空想だ。従兄以外の誰かに見えたとしても実際に慎は従兄でしかない。

ほとんど毎週、私たちは映画館へ通っていた。バスを乗り継ぎ、あるいは川を渡り、たいていは小さな映画館で、そこでしか観ることのできない映画を観た。

来週は何を観ようか、映画の情報誌を見ながら相談しているときから、不思議な時間は始まっている。ゆらりゆらりとふたりの影が揺れはじめるのがわかる。それでもまだバスに乗っている間は仲のよい従兄妹同士だ。映画館に足を踏み入れた途端、別の風が吹く。まるでもうひとつの世界に迷い込むみたいに、私と慎は別のふたりになる。仲の悪い従兄妹。あるいは他人同士。教師と生徒。どんな関係でもいいから、仲のよい従兄妹の役から離れたかった。

映画が特に好きなわけではなかった。街のシネコンでロードショーを観たり、家でＤＶＤを観たりするくらいで間に合っていた。私が好きなのは、慎の薄い唇からこぼれる言葉だ。映画は慎の冬のような声で語られて初めて私に届いた。

慎は中学の修学旅行中に京都でひとりで映画を観たという。『鞍馬天狗』だったそうだ。しみじみとした声が私の胸をくすぐった。中学生の頃の慎の、端正な姿が浮かんだ。修学旅行の途中にひとりで抜け出すことができたのだろうか。友達を誘わなかったのだろうか。

十年前の慎を思い描いて黙り込んだ私に、新聞の映画欄を見ながら慎が言った。

「それが今、玉平の日映でやってるんだよ」

玉平の日映というのが隣の隣の隣町に古くからある映画館だ。元は日映の封切館だったのが、少し前に名画座として生まれ変わったという。行ってみたい、と私は言った。観てみたい、のほうがよかったと後で思ったけれど、それが正直な気持ちだった。私にとっては映画より慎とどこかに出かけられることのほうがずっと大ごとだったのだ。

とはいえ、慎にしても、マニアックな映画好きというわけでもなさそうだった。中学のときにわざわざ京都で観たという映画も、映画自体が目的だったわけではなく、観光名所をまわるだけの自由時間がつまらなくて抜け出したのだという。新聞にそのときの『鞍馬天狗』を見つけたのも、たまたまだった。八つも下の従妹との話題に映画はぴったりだったのだろう。話題の無難さに私たちはとても注意を払っていたのだから。慎も意図を汲んでいたはずだ。映画なら問題はない。仲のよい従兄妹同士、という図におとなしく収まっていられた。そこからはみ出すようなことは望むまいと、何度も自分を戒めた。慎が気づかなかったとは思わない。

私が映画に引き込まれていくのを見て、慎は面白そうな作品をどんどん教えてくれた。教えるといっても、あれこれ蘊蓄《うんちく》を並べるわけではない。ただ映画館へ行ってふたりで観るだけ、それだけの授業だった。それが最良の方法だと知っていたのだろう。思えば、骨董だってそうではないか。父はただ私にたくさんのよいものを見せた。最良というよりも、それが唯一の方法なのかもしれなかった。

よいものをたくさん見るのが物事の基本だとしたら、私はすべてのことに対して、まだまだ入門のために扉を叩いている小僧のようなものだ。映画の扉が薄く開かれたような気がしたのは、慎とふたりだったからだ。隣に慎がいて、一緒に映画を観ている。それだけで髪の毛の一本一本にまで血がめぐる。足の爪が火照《ほて》る。心だとか感受性だとかいうものに血が通っているかどうか私は知らない。知らなくても、この血のめぐりこそが命だ。それだけはわかる。隣に慎がいることで、最初から準備はできていた。私は身体の隅々まで血をめぐらせて画面を見上げ、スクリーンに入り込み、美しいとか切ないとか痛いとか苦しいとか、葉っぱに露が落ちるようなことで心を震わせては涙をこぼすことができるのだ。

慎はこれ以上ないほどの教師だと思う。知りたい、知りたい、と求める気持ちをいちばん強く向けられる人間が、いちばんいい教師になれる。私は慎といると世界のすべてを知りたいような気持ちになった。私は何も知らなかった。知らないということを、愼とふたりでいるときにしばしば思い知らされた。愼の知っていること、知ろうとしていること、興味を持っていること、好きなもの、嫌いなもの。知りたい、知りたい、と私は声に出さずに叫んだ。愼はそれを受けとめようとしてくれたんだろうか。

一緒に連れていってと頼んだあの夜、もちろん合コンに連れていってほしいと言ったつもりではなかったのだけど、そう取られたとしてもおかしくはないと思っていた。私は十六歳で、ちっぽけな骨董屋の三人姉妹の長女で、裕福ではなく、かといって特に貧しいわけでもなく、ずっと家族六人で暮らしてきて、中学も高校も自転車で通える範囲にあり、美しくも賢くもやさしくもなく、誰かとつきあった経験もなく、冒険もなく、失敗もなく、趣味も特技もなかった。なんにもない私を愼はどこへ連れていくつもりだったんだろう。

ふたりで映画を観た後で、観てきたばかりの映画の話をたくさんした。あるいはただ黙って並んですわって、流れる川をいつまでも見ていた。映画がとてもよかったとき、満たされているときは話すことがなかった。静かな愼の隣にいるだけで、ほかには何もいらなかった。

愼が連れていってくれたのは、バスや電車に乗っていくところばかりではない。椅子にすわってテーブルを挟んで、あるいは堤防で、公園のベンチで、ふたりで話しているだけで、どこか遠いところまで連れていかれたような気持ちになることがたびたびあった。伯父ほど弁が立つわけでなく、博覧強記というのでもなく、慎は涼しい声で気に入ったことだけを話した。慎の気に入りには華やかさがない代わり、尽きることもないようだった。私は話を聞きながら、泉に湧き出る水を思い浮かべた。澄んだ冷たい水に安心して足を浸すことができた。

一度、艶のない名前のことで私が愚痴を言ったときに、慎は口元に笑みを浮かべて話してくれた。薄手のシャツでは涼しすぎる夕暮れだった。

「麻子はほんものの麻を見たことある？」

慎の口からこぼれただけで、麻、という単語が違う表情を見せた。ごわごわと手強かった生地が、よく使い込まれてなめらかな顔になる。木綿ほどくだけておらず、絹ほどすましてもいない、楚々とした品のある麻。

私はうなずいてから、言った。

「おばあちゃんが麻でワンピースを仕立ててくれたことがあるよ」

「そう」

慎は話を促すように軽くうなずき、膝の上の手を組み替えた。

「昔の女学生の夏服みたいなセーラー服。ちょっと地味だった」

「うん」

「すぐ皺《しわ》になったし」

「うん」

それから愼は、麻子にはきっとよく似合ったと思う、と言った。が、よくわからなくなってしまった。愼の声を思い出し、きっとよく似合ったと思う、という台詞を何度も何度も反芻するうちに、それがほんとうに実在した言葉だったのか、私が勝手に頭の中で作り上げた言葉だったのか、心許なくなってしまった。もう一度言ってみて、と頼めたらどんなにいいかと思う。

「麻っていうと布を思うんだね、麻子は」

「愼ちゃんは」

「僕は、」

僕は麻子を思う。一瞬、愼のそんな言葉を空耳で聞いたような気がして、心臓の鼓動が速くなる。

「僕はまず、麻の木を思い出す」

愼が実際に言ったのは、麻子ではなく、麻の木、だった。落胆するようなことではないと思いながらも私は落胆し、それを隠したくてすぐに訊いた。

「麻って草じゃないの、勝手に植えたら怒られる草」

「草だね。でも、麻の実って知ってるでしょ。あれはよく育った木から採るんだ。布にも食べ物にもなるし、上質のオイルも採れる。日本では縄文時代から栽培されてたくらいなんだ」

「ふうん」

「僕は一度、麻の林を見た。太陽を浴びて、葉っぱが風にそよいでいてね、なんて健やかな景色なんだろうと思った。麻の葉の陰にいるとそれだけですうっと気が通るような感じがしたんだ」

それで私の心は愼が麻の林に出会ったという中央アジアへ旅をする。愼の身体を通った麻。それを名前に持つ私。悪くないかもしれない。この身体を流れる血の何分の一かには太陽や風や緑のあふれるようなエネルギーがひそんでいるような気持ちになり、そう思っただけで静かな力が生まれるのがわかる。昨日までの自分とはちょっと違うような気がしてくる。たかが名前ひとつで、とは全然思わない。平凡でしかなかった名前に、愼が意味を吹き込んで、私はきっとそれに応えられる人になる。根拠のない希望が鳩尾《みぞおち》の辺りに滴る。根拠のあるなしではなく、たぶん、この気持ちの高まりこそが重要なのだと私は思う。こんなふうに身体に希望が差していれば、どんなことにでも立ち向かえるような気がしてくる。

「麻子もどう?」

夏実が穏やかな笑顔で振り返る。玲ちゃんや、碧、美月も一緒になって私を見た。

「土曜日、服見に行こうってことになったんだけど」

「あ、うん、ありがと」

私は答える。

「でもごめん、行けないや」

「そう、じゃまた今度ね」

機嫌を損ねたふうもなく夏実は微笑む。どうしてこんなにいつも穏やかでいられるのか、感心するほど表情がやわらかい。玲ちゃんや碧や美月にしたって同じだ。中心線からよろこびに十歩、悲しみに五歩、苛立ちや不安には三、四歩ずつの範囲だけ、感情を表すことに決めているようだった。ぷつぷつ泡立つ感情を微笑でくるみ、私たちは高校の教室で会う。深入りはしないけれど、居心地は悪くない。少なくとも、中学の頃の、そこらじゅうにバリアが張りめぐらされているような殺伐とした緊張感に比べたら、高校のほうがずっと楽だった。服にはあまり興味はない。それでも、放課後や日曜ならつきあえたのに。土曜日だけはだめなのだ。土曜は慎のために空けておく日だった。

慎と待ちあわせるのはたいていお昼過ぎだった。映画を観に行き、その後は喫茶店か、寒くなりはじめた公園や川原で夕暮れまで話をする。ときどきはもう少し遠くまで足を伸ばしたけれど、それにしても必ず夕食の前には家に送り届けてくれた。晩ごはんは家で食べたほうがいいと愼が言う。そうして、愼自身も家で食べるべく、電車に乗って実家へ帰る。土曜の夜と日曜を実家で過ごし、月曜の朝、大学に戻るのだ。愼が日曜をどんなふうに過ごしているのか、私は知らない。ほんとうに実家へ帰っているのかどうかさえ、知らない。

私は日曜を、たいていはどこへも出かけずに、前の日に観た映画やその後ふたりで感想を言いあった時間を思い出して過ごす。愼の横顔や、折りたたまれた長い足、軽く組まれた指、灰色がかった瞳、髪を揺らすように吹いていた風の強さまで、くっきりと思い出す。愼の何気ない言葉ひとつひとつを丹念に転がしてみて、どれが自分に向けられたものだったか注意深く探る。愼が私のために差し出してくれるものはすべて取り込んで、肝臓に貯まるグリコーゲンみたいに蓄えておきたいと思った。それがやがてエネルギーに変わる。

日曜日は、だから、私はしじゅうぼんやりしていたように思う。無論、ぼんやりしているように見えるのは傍目《はため》からだけで、実際の私の中は衣替えのように忙しかった。なにしろ、この一週間の愼の言動をひとつずつ虫干ししては検証する作業に追われていたのだ。たとえそれが、七葉の家庭教師に来る水曜の晩のひとときと、土曜の午後の半日のことに限られていたにせよ、思い出すことはあとからあとから湧いてきて、日曜の一日だけではとても時間が足りないくらいだった。

　中学までの友達と会う時間はほとんどなかった。真由や未知花ちゃんからはときどき電話がかかってきて他愛もないことを話したけれど、私にはいつも時間がなかった。申し訳ないと思いつつも、どうしても途中でそわそわしはじめてしまう。正確に言うなら、時間というより空間がなかった。真由や未知花ちゃんのための場所は今の私にはぎりぎりの土俵際にほんの少し空けることができるくらいだった。

　家族との時間だけは極力つくるよう心がけた。意識してそうしなければ、家族と過ごすことさえうっとうしく感じられてしまいそうだった。私はこれまでと変わりなく三人姉妹の長女の役をきちんと務めた。


　昇降口を夏実たちと歩いているときに、津川さん、と声をかけられた。春木さんが立っていた。

「じゃあ、麻子、またね」

「また明日ね」

　友人たちが手を振って別れていく。

　春木さんの顔には奇妙な表情が浮かんでいた。親しみ。表情としては奇妙じゃなくても、春木さんがそれを浮かべていることが奇妙だった。

「津川さんて、マルツの津川さんなんだってね」

「うん、そうだけど」

春木さんがマルツ商会を知っているのが不思議な気がした。

「うちの祖父が、昔、マルツにずいぶん通ったそうなのよ」

「そうなんだ」

ありがとう、と言いそうになって飲み込んだ。ここは学校だし、私が店主で春木さんがお客なわけでもない。それなのに、ありがとう、と口をついて出そうになるのは、商売をやっている家の娘の宿命かもしれない。

「代が替わってからは行かなくなったみたいだけどね、なんか、お店の感じも変わったらしいのね」

「ああ、そうなの」

私は父の前、祖父の代の店を知らない。

「祖父の頃のほうがよかったってことだね」

「そうみたいだね、うちの祖父にとっては」

そんなことを言って春木さんはちっとも悪びれない。

「なにしろマルツ、マルツって、しじゅう通ってたらしいから。店が変わってくれてよかったくらいよ」

それから急にまじめくさった顔になった。

「店が変わってよかったなんて、言っちゃ悪かったかな」

「いいよ、変わる前の店、私は知らないし」

ちょっと迷ってから付け足した。

「今の店、好きだし」

春木さんはうなずいた。

それだけの話だった。それなのに、夕食のときに何気なくその話をしはじめたら、途端に食卓の空気が揺れた。

「昔のお客さんはあんまり覚えてないねえ」

口火を切ったのは祖母だ。ああ、またこの感じだ、と私は思った。しらじらと嘘が流れていく感じ。その後の、しゅくしゅく縮んで息苦しくなる部屋の空気が嫌で、何か間違えたことでも言っただろうかと昔は自分を責めたものだけど、この頃はもうそんなことはしない。私が気にするようなことではないのだ。祖母が、そして父や母が何かを隠そうとして掘る穴ぼこなんか、跨いで通ればいい。

「店が変わって来なくなったお客がいたとしたら、俺の力量がそこまでだったってことだな」

父が言った。誰もフォローしない。それも不自然だった。父がわざわざ言い訳がましいことを言うのも、母が黙ったままなのも、おかしい。でも、気にしないのだ。私は気にしない。

「水餃子、おいしいね」

満面の笑顔で紗英が言った。

「皮を伸ばすとき、紗英も手伝ったんだよね、ね、おかあさん」

紗英は何も気にしないのか、あるいは気にしていてわざとなのか、こういうときに明るい声で場を膨らませることができる。それに救われるようで、でもどこか苛立たせられるようで、私は茶碗を置き、そそくさと手を合わせてつぶやいた。ごちそうさまでした。


慎はときどき骨董品店にも連れていってくれた。考えてみればおかしな話だけれど、私は自分の家以外の骨董品店や古道具屋に一度も行ったことがなかった。近くに同業の店がなかったせいかもしれない。川の内側には、あちこちに、というほどではないにせよ、外側よりよほど多くの骨董品店があった。

慎が最初に連れていってくれた店は、建物自体が使い込まれた古民芸のような佇《たたず》まいの、感じのいい引力のある店だった。入り口のところで少し迷った。もしもこの店がとてもよかったら、私はどうしたってマルツ商会と比べてしまうだろう。置いてある個々の商品についてだけでなく、その並べ方や、値段の付け方（値札が出ていればの話だけど）、それから店の空気みたいなものまでもきっと気になってしまう。悠々と店を冷やかすような気分にはとてもなれなかった。愼と一緒なのだ。なるべく穏やかな気持ちで過ごしたかった。引き戸に手をかけようとしている愼を見上げると、愼はちょっと振り返ってやさしい目で笑った。ふるふるっと緊張がほどけていった。

愼について中へ入ると、ひと目で趣味のよさがわかった。いい店だ、と思った。どの品物にも店主の目が通っているのが感じられる。奥の椅子に、店主なのか、その奥さんなのか、父よりもひとまわりほど年配に見える女性がすわっていた。こんにちは、と愼が言い、私も急いでお辞儀をした。女性が立ってきて、愼と話しはじめた。どうやら愼はこの店に何度か来ているようだった。

私は右手の棚に並べられた唐津の杯に目を留めた。無地も斑《まだら》も、唐津がこんなに揃っているのを見たのは初めてだった。滅多に入らないものだと思い込んでいた。あるところにはあるものなのだ。私は感心してそれらを眺めた。マルツ商会にあまり唐津を置かないのは父の考えなのだろうけれど、理由を訊いたことはない。めずらしいものは値段も高いからなかなか売れないのだろう。そう思ったとき、父はあの店を道楽でやっているわけではないのだ、という考えが不意に私を打った。

斑の文様の力強い一刷《ひとは》けを見つめながら、浮かぶのは父の顔だ。道楽という言葉から受ける印象を、ほどよく身につけた父の顔。のんきさと、執着の強さと、繊細さと、豪胆なところと。相反するはずの要素をバランスよく父は持っている。バランスが取れないから道楽なのだ。つまり、父は道楽者じゃない。

父があの店で得る収入で私たち家族は暮らしている。儲けを追求しているようにはあまり見えないにしても、あの店のおかげで私たちは暮らしていけるのだ。あたりまえの事実を、私は杯に突きつけられていた。唐津を置かないのは高価すぎるからだ。この街のこの店ならともかく、マルツ商会では滅多に売れるものではないだろう。——この場所で唐津に導かれた結論にしてはずいぶんありふれた家庭の事情だったかもしれない。そうして、それを私は大事に抱えた。この店は素敵だけど、マルツ商会はもっと好きだ、と思った。

店を出ると、慎が機嫌のいい声で言った。

「いい店だったでしょう」

「うん」

すると、慎は涼しげに笑った。

「麻子が今なに考えてるか、当ててみようか」

「……うん」

「マルツ商会はもっといい店だけどね、でしょう」

「うん」

私も笑った。

「よくわかったね」

「だって僕もそう思ってるから」

私たちは顔を見あわせてくすくす笑った。うれしくて、いくらでも笑うことができた。

それからまた別の土曜には、電車に乗り、さらに川の内側へ向かい、つまりはさらに繁華な街の骨董品店へも行った。そこはほんとうに洗練された店だった。広さはそう変わらないのに、品物の見応えが違うから、一周するだけでマルツ商会を五周くらいできてしまいそうだ。うちを基準にしてもしかたがないけれど、店に並べられた品物を全部集めると、十倍くらいの値が付いてもおかしくないだろう。もしかしたら、二十倍、三十倍なんて数字になるのかもしれない。値段を考えても意味がない。買う、買わない、の話ではない。こういう店では、いいものを見つけたらそれをできるだけ眺める。慎だって、そのために連れてきてくれているのだと思う。

私たちはこの店にはとても若かった。お店の人は紳士的に接してくれてはいたけれど、肩身の狭い心地がした。どう見たってお客じゃない。大学院に通う慎と、高校生の私に、この店の中のものひとつでも買う力があるとは思えなかった。

それでも私はうれしかった。店にはいくつか目を瞠《みは》るようなものがあって、それらを見ることができるだけで興奮した。ここに連れてきてくれてありがとう、と鉄瓶の前に屈み込む慎の後ろ姿に思った。七葉がいればな、と思いついたときはちょっと驚いた。もう長いこと、七葉とはうちの骨董さえ眺めたことはなかったから。でも、七葉にも見せたかった。この古伊万里を見たら七葉はなんて言うだろう、七葉ならこっちのお皿のほうが好きだろうか、そんなことを考えていた。

いつか行った古民芸風の店が棚卸しをするという。こぢんまりした感じのいい店だ。棚卸し作業に他所《よそ》から人が入っては面倒なことになるだろうと思うのに、慎は電話をかけてきて私を誘った。

「今度の金曜の午後、空けておいて。あの店は倉庫も持ってて、棚卸しの機会に倉庫の中身をお得意さんに見せるんだ。小さいけど市みたいな活気がある。普段は出ないものが見られて面白いと思うよ」

「慎ちゃんはお得意さんなの？」

「いや、そういうわけじゃないけど」

慎は笑った。

「いいんだよ、見せてくれようって言うんだ、見に行こう」

「高校生が行っても、ほんとにいいの？」

「だいじょうぶ、麻子はただの高校生じゃない」

そう請けあって、電話は切れた。私を有頂天にするようなことを慎が言う。たぶん、自分ではそうと気づかずに。慎にとってただの高校生でないのなら、ほんとうにはどんなに平凡なただの高校生でもかまわない。

その電話のあった晩、慎は七葉の家庭教師のために家に来た。私は慎の袖を引き、玄関の脇で早口に、金曜は学校をお昼で早退するよ、と告げた。慎は薄い唇をきゅっと結んだけれど、次に口を開いたときには楽しそうな光が目に宿っていた。

「わかった。じゃあ十二時半に、駅」

内緒だ。学校を早退することも、慎との待ちあわせも、骨董市のような棚卸しも、こんな小声で話されるからよけいに胸を高鳴らせる。慎はきっと意識さえしてないだろうけど、水曜と土曜、それ以外の日に会うのは初めてだった。金曜のお昼の約束は、それだけで事件だった。

私の気持ちの昂揚が慎にも伝染したのだろう。慎は声をひそめたままいつになくよく喋った。

「なんだか蔵を思い出すね」

「蔵」

訊き返すと、慎は、ああ、と笑った。

「そうか、麻子は知らないんだ。麻子が見たら歓声を上げそうな骨董の蔵なんだ。一日じゅういたって飽きないね、三日三晩いたって楽しめる」

慎は玄関の壁にもたれて楽しそうに言った。

「あの蔵にいるときは夢のようだったよ、まわりじゅう宝の山なんだ」

「へええ、いいねえ、行ってみたいなあ。その蔵ってどこにあるの」

もしかしたら慎はそこへも私を連れていってくれるかもしれない。そんな淡い期待を持って私は慎を見上げ、そのまま言葉を飲んだ。慎の端正な顔がいつもと違って見える。慎はたぶん、今、困っている。しまった、と思っている。その動揺を隠し切れない顔に、なぜだか私は懐かしさを覚えた。いつもの慎とは違う、どこかで見た顔。すぐに私は気がつく。津川の血だ。伯父に、そして父に、慎は似ているのだ。こういう表情を、私は見たことがある

——そうして次に慎が何を言うのか、うすうす見当がつくような気がした。

「その蔵はね、もうないんだ」

「そうなの、残念だね」

と私は言った。言いながら、これ以上訊いてはいけないことなのだとわかってもいた。どこかで、何かとつながるのだ。この話は、いつか、どこかで見たもの、聞いたものとつながっている。

私がそれ以上何も訊かないのを見て、慎はやさしい目になり頭をやわらかくとんとんと叩いた。そうして、家族のいる居間のほうへ私を促した。


花を象《かたど》って真珠貝の施された小さな装飾品が布張りの台座に載せられていた。ペンダントトップとして使われたものだろうか。虹のような光をたたえた精巧な品は、奈良時代だったか平安時代だったかの図録で似たものを見たことがあった。これはその模写だろうけれど。

手を触れてはいけないと知っていた。このペンダントトップに限らず、ここに並べられているものに勝手に触ってはいけない。それでも思わず手を伸ばさずにはいられなかった。可愛い、と口が勝手に動いた。いつの時代のどういう品なのか判然としないものの、少なくとも百年、場合によっては何百年もの時を経てなお輝くものに、可愛いなどというのは無礼だと思いながら。

「見て、愼ちゃん、これ」

息をひそめるようにして愼を呼ぶ。愼はこちらに近づいてきて、台の上の品の子細を眺めるために膝を折る。そうして、青銅色の、親指の先ほどの工芸品に顔を近づけたまま、その目を細める。

「ほんとうだ。これはいいな」

そう言いながら上体を起こし、すぐ後ろの私を振り向いて笑顔をつくった。

「すごく可愛い」

愼がぐらりと揺れて、輪郭が二重になったみたいに見えた。すごく可愛い。愼の口から出てくる言葉とは思えなかった。そして、それこそが私が愼から聞きたかった言葉なのだと、慌てて台の上に目を戻しながら思った。

愼はほとんどの時間を私の知らないところで過ごす。私の知らないたくさんの人と会う。たまたま父親同士が兄弟だった縁で私とつながっているだけで、私が可愛いからつきあっているわけじゃない。あたりまえの話だ。私より可愛い人はそこらじゅうにいる。もしかすると普段愼が会話を交わすすべての女性が私より可愛い可能性さえある。

それでも私は、すごく可愛い、と言った愼の口ぶりにひどく狼狽《ろうばい》した。それが自分に向けられたものではないことを知っていても、軽い目眩がした。意識もしないくらい深いところで私は望んでいたのだ。可愛いと思われたいだなんて、自分がそんなことを考えていただなんて、すごく恥ずかしいことのように思えた。

そのとき、慎が、螺鈿《らでん》のペンダントトップを台座から外し、そっと私の胸元にあててみせた。驚く私に慎は一度うなずいて、言った。

「よく似合う」

私は一瞬だけ胸元のペンダントに目を落とし、そのまま首を振って後ずさった。

「似合わないよ、私には似合わない」

思いがけず大きな声が出た。慎は驚いたように私を見たけれど、何も言わずにペンダントを台座に戻し、踵を返した私の後を追って店の外へ出てきた。

「だって、すごく可愛い、って言ったじゃない」

なぜか怒った声になった。慎の指が触れた胸元が熱く脈打っていた。慎の顔を見ずに、駅への道を早足で戻る。

「あのペンダント、すごく可愛いって、慎、言ったよね、そんなのが私に似合うはずないじゃない」

憤然と歩きながら、慎ちゃんでなく慎と呼び捨てにしてしまったことに気がついた。

「麻子はもしかして」

後ろから、愼の声が追いかけてくる。

「可愛くなりたいの」

なんでそんなことを訊くのかと思う。返事をせずに大股で歩き続ける。

「どうして可愛くなりたいなんて思うんだろう」

愼がたたみかけてくる。

「どうしてもなにも」

言いながら急にむなしくなった。半歩後ろを歩く愼をちらっと見上げると、灰色がかった瞳がまっすぐこちらを見ていた。心臓が大きく鳴って、足がもつれそうになる。

「もしも可愛かったら」

どうにか視線を戻して、私は言う。どんなふうに言ったところで、きっと愼には伝わらない。

「人生が変わるじゃない」

投げやりな口調になった。間髪を入れずに愼が訊き返す。

「人生を変えたいの？」

私は返事をしなかった。

「麻子はおかしい」

慎が言った。

「慎こそおかしいよ」

あ、また呼び捨てにしてしまった、と思った。胸の内ではいつも慎を呼び捨てにしていたけれど、面と向かってそうするのは初めてだった。どんどん歩いた。怒っているわけじゃない。むなしいような、嘆きたいような気持ちだ。可愛くなりたいのかと訊くくらいだから何か特別な理由があるのかと思った。もっと私をよろこばせるような答を用意してあるのかと思った。

可愛かったら人生違ってたよ。

そう言うだけのつもりだった。それなのに、私は、わざわざ妹の名前を挙げていた。

「七葉みたいに可愛かったら人生違ってたよ」

そう口走った自分の言葉にいちばん驚いたのは私だ。どうしてここに七葉が出てくるのか、もしかして私は七葉の可愛さを羨んだり妬んだりしていたんだろうか、と息をのむ思いだった。

「麻子と七葉は」

慎が言葉を選ぶ。普段から慎重な声が湖の底に沈んでいくみたいに聞こえた。

「姉妹でも全然違う」

麻子と七葉は全然違う。どこがどう違うのか、どういう意味なのか。問い質《ただ》したかったのに、できなかった。答を聞くのが怖かった。

「慎ちゃんは家族みたいなものじゃない」

母はよくそう言った。そう、ごく親しい従兄は家族みたいなものだ。私は自分にそう言い聞かせる。家族みたいなものだ。慎は家族みたいなものなのだ。いくら言って聞かせたところで、慎への気持ちは跳ねまわり、おとなしく言うことを聞く様子は全然なかった。もし私たちが家族同然だとしたら、その穏やかな輪の中からふたりでぷりんと飛び出してしまえればいいと願った。

そのくせ、飛び出す準備などまるでできていなかった。そもそも慎に私の気持ちをちゃんと伝えようとしたこともない。いつか慎が私のよさに気づいて、できることなら私の腕を強く引いて連れ去ってくれればいいのに、と夢想はしたけれど、慎が気づくはずの私のよさなどいったいどこにあるのか自分でもわからないのだ。慎に気づいてほしいと思うほうが無茶だった。

せいぜい、慎は家族みたいなものなんだからもっと長く一緒にいたっていいはずだとか、もっともっと親しくなったっていいはずだとか、ひとりで悶々と考えるのが関の山だった。

そこへいくと、七葉は違った。もしもほんとうに家族の輪みたいなものがあったとして、そこにいるだけで輪を輝かせていたのはずっと七葉だったと思う。可愛くて、やさしくて、機転の利く、津川家の自慢の次女だったのだから。

その七葉が、第一志望だった高校の合格発表を見に行き、「受かったよ」と電話を寄越したきり帰ってこなかった。お祝いの準備をして帰りを待っていた私たちは、午後七時を過ぎて、一緒に見に行ったはずの友達がとうに帰宅していることを知った。八時になり、九時になり、警察に届けようかという頃になって、祖母が言ったのだ。

「慎も来ないじゃないか、どうしたんだろう、あのふたりは」

お祝いには、家庭教師に通ってくれていた慎も呼んでいた。そういえば、遅い、と思ったのと同時に、何かが私の頬を叩いた。ぱしん、と音がした気がして、祖母の言葉が立ち上がる。

どうしたんだろう、あのふたりは。

七葉が帰ってこない。慎が来ない。別々の話のはずなのに、どうしてあのふたりと言われるのかと私の頭はのろのろ考えた。答はとっくに出ていた。ただそれを認めるのを少しでも先延ばしにしたかった。

「あのふたり、って、おばあちゃん」

私は言った。自分の声が芝居がかっているような気がした。

「七葉と慎は——慎ちゃんは、今、一緒なの?」

祖母は、一拍置いてから、うなずいた。

「そうだったらいいと思っただけだよ、実際にそうかどうかはわからない」

「だけど、そうよね、もし慎ちゃんがひとりだったら、お祝いに遅れるって連絡くれるはずよね、七葉が一緒だから、連絡もないのかもしれない」

ああ。ああ、ああ。私は何度も何度もうなずいていた。いちいち思い返すまでもなく、七葉はずっと慎を見つめていた。私はほんとうに気づかなかったんだろうか。それとも、気がつきたくなくて見えないふりをしていたんだろうか。

木曜の放課後に通っていたピアノのレッスンを、七葉だけ土曜の午後に変えたのはなぜか。慎と会うために出かける私を見たくなかったからだ。慎が家庭教師に来ることが決まったときの上気した頰。慎の話す何気ない言葉に耳を傾ける真剣な眼差し。それらは、私のものだったのか、七葉のものだったのか。記憶の中の少女は、七葉になったり私になったりしながら熱心に慎だけを見つめている。

父が慎のアパートに何度目かの電話をし——それは予想通りつながらなかったのだけど

——たぶん七葉と慎は一緒にいるのだろうと皆が思いはじめ、それならそれでどうして連絡がないのかと母だけが繰り返した。

麻子と七葉は全然違う、と言った慎の口調を私は思い出していた。どこがどう違っているのか、違うからどうなのか、ちゃんと訊かなかった。都合よく解釈していたのだと思う。昔から、似ていない姉妹だと言われて育った。それは決して私に有利な言われ方ではなかったはずなのに、慎が言った「全然違う」だけは私にやさしいと思い込んでいたのだ。私とは全然違う七葉と、慎は今頃どこにいるんだろう。

お祝いのために用意された晴れやかなごちそうを私たちはぼそぼそと喉に詰まらせながら食べ、子供はもう寝なさい、と部屋に追いやられた後の午後十一時過ぎになって七葉は帰ってきた。私は二階の部屋にいたから詳しくはわからない。ただ、慎と一緒だったのだということだけははっきりとわかった。玄関の戸が開く音がして——その前に家族の誰かの玄関に駆け出すような足音が聞こえたんだったか——階下で緊張が爆発しそうに膨張している気配が伝わってきていた。「七葉！」と短く叫ぶ母の声。その後のいくつかの声はくぐもって聞こえない。誰が何を、どんなふうに喋っているのかほとんどわからなかった。

ベッドがひとつ空いたままの部屋で、私はぼんやりと本棚を見ていた。ぼんやりと、は努力の結果だ。できるだけ意識してぼんやりしていようと私は思ったのだ。七葉に何が起きていたのか、もっと気をつけていれば、突然こんなことにはならなかったと思う。今さら下でどんな会話がなされているのか、七葉と愼がどんな顔をしているのか、気にしたって遅い。

半時ほどで玄関の戸が静かに開く音がし、再び閉まった。続いて誰かが鍵をかける音がした。愼が帰ったんだなと思う。私は本棚から適当な一冊を抜き出して二段ベッドの梯子を上った。愼が、私に声もかけずに帰った。ぼんやりしていようと思っても無駄だった。ぼんやりと打ちひしがれることなんてできない。本を読んでいるふりをして起きていようと思った。七葉が部屋に戻ってきたときに、寝たふりをしているよりはましだった。そんなことをしたら、明日の朝、顔を合わせたときにますます気まずくなることはわかっているから。今なら、訊けばいい。

「遅かったじゃない、どうしたの」

それで後は七葉に任せればいい。七葉が何をどう説明するのか、私は黙って聞けばいい。でも、実際に私がしたことは、本を読んでいるふりではなく、本を読んでいるうちに眠ってしまったふりだった。二階への狭い階段が、ぎし、と音を立てたとき、突然怖くなった。七葉の顔を見ること、あの可愛らしい妹の顔に輝くようなしるしが浮かび上がっていないか確かめることが怖かった。一方で、七葉にはもっと勇ましく、堂々と上がってきてほしいとも思う。できることなら挑むそぶりだって見せてほしかった。階段を踏みしめて上る七葉の疲れ切ったような足音を聞き、私は慌てて本を胸の上に開いて置き、目を閉じてそのまま開けなかった。

逃げたといえば、逃げたのかもしれない。逃げるつもりなどなかったのに。どうして私が逃げなければならなかったんだろう。勝ち逃げでも、振り逃げでもない。悔やんだが遅かった。でもたぶん、七葉も私に逃げてほしかったのだろう。音を立てずにドアが開き、着替える気配があり、下のベッドに潜り込んだ七葉が、私に声をかけてもらいたがっているとはとても思えなかった。

翌朝は、頭が重かった。身体もだるい。関節が痛い。しかし、ベッドの下段で七葉がまだ寝ているのに気づき、無理に上体を起こした。おはよう、と言われたらどうすればいいかわからない。

「夕べは遅かったね」

そんなことを言う気には全然なれそうもなかった。頭が痛くて吐き気がするのだ。風邪だろう、とは思うものの、七葉のせいじゃないとも言い切れなかった。私はそっと蒲団を出て、ベッドを降り、そのまま階段を降りた。

台所にはいつものようにすでに母と祖母が起きていて、おはよう、と言うと熱いほうじ茶を渡してくれた。母はさすがに疲れた顔をしている。食卓の椅子にすわり、できるだけ何気なさそうな顔をして私は言った。

「昨日、どうしたの、あのふたり」

自分でも驚いた。七葉、と言うつもりが、あのふたり、と言ったのだ。母が困ったような笑顔をつくり、前掛けで手を拭きながらこちらへ来た。

「七葉がね、押しかけたらしいのよ、愼ちゃんのところへ」

母は私の向かいの椅子を引き、腰を下ろして息をついた。

「愼ちゃんのアパートなんて私たちだって行ったことないのに、七葉、いつのまに調べてたんだろう」

それから私の顔を見て、

「麻子、知ってたの」と訊いた。

知ってたって、何を。そう訊き返したかったのに声が出なかった。私は何も知らなかった。愼のアパートも、七葉が押しかけたことも、押しかけるほどに思い詰めていたことも、何も私は知らなかった。

「だってずいぶん時間があったじゃない、その間ずっと愼ちゃんの部屋にいたの」

わざと違うことを訊いた。

「ずっといた、って言ったり、違うようなことを言ったり、なんだかよくわからないのよ。

夕べは興奮してるみたいだったから、とりあえず寝かせたけど、今日またよく聞いてみるわ。まあ、なんにしても、愼ちゃんがついててくれたんだからひと安心ってとこよ」

立ち上がった母に私もうなずき返す。愼がついてたんならひと安心だね。その途端、目眩がする。頭痛がひどくなる。

「麻子、七葉を起こしておいで」

時計を見て祖母が言う。

「まったく、だらしがないよ、七葉も愼も」

そう言いながらこちらへ来て私がこめかみを押さえているのを見つけ、ちょっと眉を上げてから言う。

「麻子も具合が悪いみたいだね、少し休んできなさい」

「しかたないわ、昨日は麻子も七葉が心配で気が気じゃなかったでしょうし」

母が台所から顔を出す。母だってきっと頭が痛いんじゃないだろうか。私は立ち上がり、そのまま階段を上る。途中で七葉と顔を合わせなければいいが、と思いながらうつむいて上る。まったく、だらしがないよ、と祖母は言った。今頃、食卓のラジオをつけながら、七葉も愼も、の後に、麻子も、と付け足しているだろうと私は思った。

いっそのこと高熱でも出てしばらく伏せってしまいたかったのに、中途半端に頭が痛くてだるいだけでは寝ているほうが苦痛だ。しかも下段には七葉が寝ていた。私はいったん入ったベッドから滑り降り、そのまま部屋を出た。出たのはいいが、行く場所がない。

居間では祖母が体操をしていた。ラジオ体操第三の途中だろう。第二まで終わると祖母はラジオのチャンネルを変え、ニュースを聞きながら第三をする。第一と第二だけでは足首とふくらはぎの運動が足りないのだそうだ。祖母は片足を後ろへ引いて入念にアキレス腱を伸ばしながら、だいじょうぶなのかい、と言った。

「だいじょうぶじゃないよ」

私が答えると、

「そうだろうね」と神妙な声で言う。

「だいたい麻子は生真面目すぎる」

「そうかな」

なんの話をしているのかわからないまま私も膝の屈伸をする。

「でもまあ」

と祖母は足を替え、ふくらはぎの運動のついでといった何気ない様子で話を続ける。

「今でよかったんだよ、あんたたちがもっと大きくなってからだったらと思うとぞっとするね」

「何が？」

「七葉にしてみれば、これでもずいぶんこらえたんだろうけど」

「ねえ、何が。七葉に何があったの。七葉は昨日、ほんとは何をしてたの」

そのとき、後ろから声がした。

「何もしてないわよ」

母だった。七葉でなくてよかった、とそのとき思った。私の声はいつのまにか大きくなりすぎていたかもしれない。

「何もしてないと思うのよ、あの子は。それでも今日は何があったのか聞いてみなくちゃね」

「あんまり訊かれたくないんじゃないかね」

祖母が言うのを、母はやわらかな口調で否定した。

「七葉は聞いてほしかったんだと思うんです」

何を、と訊くタイミングを逸した。

「慎ちゃんに聞いてもらえなくても」と母は続けた。

「せめて私くらいは聞く耳を持つ態度を見せなくてはいけなかった、と思います」

「何を」

声が震えた。私を押しとどめるように母は続けた。

「愼ちゃんは家族みたいな存在だから、って言い続けてしまった。そんなふうに言えば、何もなかったみたいに丸く収まると思おうとしてたのね」

「里子さんのせいじゃないよ、愼はほんとうに家族みたいなものだ。愼が悪いわけでもない。七葉が悪いわけでもない」

そうして祖母は私を振り向いた。

「もちろん麻子のせいでもないから、変なこと気にするんじゃないよ」

母も大きくうなずく。そんなふうにうなずかれたら、もう何も言えなくなってしまう。愼でも七葉でも私のせいでもないなら、どうしてこんなことになってしまったんだろう。私は目を閉じて両手で顔を覆った。誰の顔も見たくないし、誰の言葉も聞きたくなかった。誰もいないところへ行ってしまいたかったけれど、私にはどこにも行くところはなかった。


入ったばかりの大学の寮で、自分で実家から送った荷を解きながら私は二年前の春を思い出している。荷物の中から小さな包みが出てきたからだ。贈られたときに一度だけ開いた包みは、それ以後開けられることはなかった。他のたくさんのものと同じように、川沿いのあの古い家に置いてくればよかったのかもしれない。それができずに、こうしてここまで運んでしまった。包みを開ける気にはなれず、ちょっと考えてから私は造りつけの本棚の一番上の段にそれを置いた。

七葉の合格発表の晩の後、私が愼を見たのは一度きりだった。研究留学制度に受かり、新年度からはイギリスに留学することになったという。留学前の挨拶に来たというのに、家族が勧めても家に上がることはなかった。玄関口に立ったまま、灰色がかった目をこちらに向け、

「お世話になりました。戻ったら、また伺います」

と冬の空のように曇った声で言った。こちらを向いてはいたけれど、私を見てはいなかった。私も、もう何も言うことはないと思った。そう思わなければ息をするのも苦しかった。

愼が去った後で、祖母が私を呼んだ。

「麻子へ渡してくれって頼まれたんだよ」

「何を」

「知らないよ」

小さな包みを渡された。予感はあった。そっと開けると、中からペンダントトップが出てきた。いつか愼と見た螺鈿のペンダントだ。可愛い、と言った愼の声を今でもはっきりと思い出せる。

どういうつもりで私にくれたのか、愼の真意を訊きたくてたまらなかった。でも、もう遅い。火炎瓶のような七葉の熱さと激しさが、私をたじろがせていた。愼がどんな思いを込めてペンダントを贈ってくれたにせよ、七葉より速く走ることはできない。愼の元にいちばんに駆けつけて、ペンダントを首からかけてもらう資格は私にはないと思った。

結局、いざというときの七葉には一度もかなわなかった。小学生の頃に、陶器の破片を取りあった日のことがよみがえる。七葉は陶片をつかんで離さなかった。欲しいものを欲しいと言える、その声の強さと熱さに私は圧倒されていた。

思えば私たちはよく同じものに惹かれ、同じように欲しがった。七葉と同じものを好きになったら、最後はあきらめるしかない。普段はやさしい七葉がほんとうに欲しいものにだけは容赦がないことを誰よりも私がよく知っていた。

愼を思う気持ちが弱かったとは今でも思わない。でも、それだけじゃ駄目だった。思う気持ちには何かを足すのでなく、掛けなければならなかったらしい。私には術《すべ》がなく、七葉にはあった。それだけのことだったのだと思う。

私は家を出ることにした。七葉から離れたかった。七葉にあって私にないものを「それだけのこと」だと認めてしまえば、他に方法はなかった。人生は勝ち負けじゃない。だけど私は負けているのだ。七葉のそばにいたら、きっとずっと負け続ける気がした。

家から通えない大学を目指した。初めは反対していた父母や祖母も、学内の女子寮に入るならと最後は折れた。

七葉が、私とは別の道を選んだのは明らかだった。可愛い可愛いと言われても、これまで振り向きもしなかった彼女が、くるりと向き直ってその声を正面から受けとめることにしたようだった。みるみる垢抜けて華やかになっていく妹と私の間には、もはや会話はほとんどなかった。それぞれのやり方で私たちはお互いから遠ざかった。

それまでは存在さえしなかった門限が七葉のために設けられ、それが平気でたびたび破られた。父母も祖母も叱ったけれど、七葉の耳はふさがっていた。受験勉強に疲れた私が階段を降りていくと、足音をしのばせ玄関から上がってくる七葉とすれ違う。厳しい叱責を受ける彼女の耳で銀色のピアスがちかりと光るのを何度も見た気がする。

No.3

私は靴屋にいた。靴屋でぼうっと革靴を見ていた。どうして自分がここに立っているのか、今でもよくわからないでいる。

就職活動を始める時期が来たとき、騙されたような気持ちになってしまった。大学の、まだ三年生だというのに、就職口を探さなければならない。これからの丸々一年以上もある大学生活にはもはや人生を変える力はないと宣告されたようなものだ。

たとえば魚屋の店先に初鰹が並ぶとき、あるいは示しあわせたように一斉に曼珠沙華が開くときのように、就職活動を始めるときが誰にでもはっきりと示されればいいのに、と思う。気づいたときには出遅れていた。もっとも、出遅れなくとも状況はそう変わらなかったのかもしれない。

何社か資料請求はしていたものの、パンフレットのきれいな写真も言葉も、どれもこれも絵空事のように見えて、自分がそこで働く姿をどうしても想像することができない。働きたくないわけではない。一生働き続けるだろうと思うからこそ、足がすくむ。渡された資料も、説明会でのマイクの声も、どこか現実味がなかった。絵空事だとか、現実味だとか、そんなところで引っかかって足踏みしている学生など、端《はな》から願い下げに違いない。

それにしても同級生たちはいつの間に選んだり決めたりしていたんだろう。何かを選ぶにも決めるにも踏切板が必要だ。誤ってそこを通り越してしまったら、飛べずにだらだら助走し続けるか、思い切って目を瞑って飛ぶかしかない。

「どこを受けるの」ではなく、「どんな仕事をしたいの」と訊いてくれる友人は貴重だ。すでに出遅れていた私は、説明会と面接の連続で不特定多数の相手に波長を合わせることに疲れてしまっていた。自分がどんな仕事をしたいのか、考えることも忘れていた。

「でも考えてもどんな仕事がいいのか全然思いつかない」

部室でお茶を飲みながら、私はつい正直に話した。プレハブみたいな部室で、大振りのマグカップに、薄いお茶。それに二年越しの友人の顔を見たら、なんだか懐かしいような気分になっていた。こんなものひとつひとつに郷愁を感じるほど、ここは居心地がよかっただろうか。やっぱり少し疲れているのかもしれなかった。

三年ほど前の入部当初はマグカップでお茶を飲むなんて何かの間違いだと思っていた私も、

すぐに気持ちを切り替えた。わざとマグカップでお茶を飲むというところに、固定観念を覆そうという大学生ならではの意気込みが秘められているのだろうと感心したからだ。でも、だんだんわかってきた。大方の大学生にとってマグでお茶を飲むのは斬新でも知性でもなんでもない。お茶にも器にも思い入れなんてないのだ。常滑や信楽《しがらき》でもいいから、ほんとうは気に入りの湯呑みを持ち込みたかった。そうしなかったのは、ふと不安になったからだ。間違っているのは私のほうなんじゃないか。

「思いつくとか、つかないとか、そんな問題じゃないんだ。そんなこと言ってちゃ駄目なんだ」

小野寺が私に向かって熱弁をふるっている。私のほうが間違っているのかもしれないと最初に思わせてくれたのはこの人だった。

「べつに思いつきで仕事を選ぼうって言ってるんじゃないよ」

私が言うと、小野寺はすぐに語調を緩めた。駄目なんだ、と断定したことを気にしているらしい。

「悪かった、俺には麻子がまだふらふらしてるみたいに見えて心配だったんだ」

悪いなんて思っていないに違いない。私は黙って、パイプ椅子で自信たっぷりに腕を組む人の顔を見た。

「仕事っていうのはプロセスなんだ。仕事の内容そのものが人間の中身に関わるわけじゃない。どんな仕事であれ、責任を持って働くことで成長していくんだ」

それから私の顔をのぞきこむようにして、声を落とした。

「だいたい自分のやれそうなことってわかるだろ。それでいいんだよ。絶対に無理だとか嫌いだとかでなければ、どんな仕事でもいいじゃないか。大事なのはとにかく働くことなんだからさ」

あのとき、小野寺が喋っていたのはまっとうなことだった。そうか、やれそうなことを、か。それは横からさりげなく差し出された踏切板のようなもので、私はそこにちょっと縋《すが》ってみたくなった。やれそうなことを。それなら私にも何かあるかもしれない。などと感心させておいて、直後に小野寺は縁故でテレビ局に入った。今どきコネがあったってそうそう受からないところだとわかってはいるけれど、コネも実力のうちだとうそぶいていたというのを聞けば、なんだか腹立たしかった。

小野寺とは大学に入ってすぐに、しばらくつきあっていた。サークルで初めて顔を合わせたその日から、可愛い可愛いと私をほめた。最初は相手にしなかった。どんな場面でも前に出たがる、押しの強い小野寺とは接点みたいなものが見つけられなかったし、話題も重なることがない。だいいち、私のことを可愛いというなんて間抜けな人に違いなかった。もしもここに妹を連れてきたらこの人はなんと言うだろう。七葉と並んだ私に向かっても躊躇なく可愛いと言い切れるだろうか。そんなことを想像するとおかしくて、むなしかった。

麻子ちゃんてさ、と小野寺は話しかけてきた。あれは、ようやく大学での新しい生活にも慣れてきた五月の連休明け頃だっただろうか。学生課の前を歩いていた私を呼び止めると、大股で近づいてきて、声をひそめた。

「あのさ、気を悪くしないでほしいんだけど」

「うん」

そのときの小野寺の目の真剣さが印象に残っている。でも、続いた質問はそれ以上に印象的だった。

「麻子ちゃん、もしかして、男よりも女のほうが好き――だったりする？」

小野寺のよく日に焼けた顔を私はたっぷり五秒は見つめたと思う。

「当、当たりなんだね」

小野寺は慌てたように瞬きをし、驚きだとか落胆だとか何かそういう感情が顔に表れるのを隠そうと懸命に微笑んでいるみたいだった。

「いいんだ、それでいいんだ。それでもいいんだ。いや、それがいいんだ」

私の気分を害さないよう言葉を選び直しているのが見て取れた。みんな違ってみんないい、なんて言い出しそうな気配だった。

「特に女が好きなわけでも、男が好きなわけでもないけど」

私の言葉に鷹揚にうなずきかけた小野寺は、黒い目をぐるっと半回転させた。

「要するに、男が嫌いってことでもない、のかな」

「うん」

すると小野寺は大げさに両腕を開き、日に焼けた頬を紅潮させた。

「よかった、ああよかった。麻子ちゃん、そんなに可愛いのにちっとも男っ気がないから、もしかすると男に興味がないのかと心配しちゃったよ。これで俺にもまだ望みがあるってわけだ」

思わず笑ってしまった。自信過剰もいいところだ。自分に興味を示さないだけで男に興味がないだなんて、よくそんなふうに都合よく考えられるものだ。私が笑ったのにつられるように小野寺も笑った。その笑顔がほんとうにうれしそうに見えて、私は何かいけないことをしたような気持ちになってしまった。

「いいんだ、俺、絶対に麻子ちゃんをあきらめないから」

まじめな顔に戻った小野寺が私にそう告げたとき、糸がつれた。小野寺と私の間に張られた細い糸だ。それがぴっと引っ張られ、つれた感じがして、私は思わず小野寺のほうへ足を一歩踏み出した。そうしなければ転んでしまいそうだったから。

可愛い、とか、君をあきらめない、とか、これまで聞き慣れなかった言葉が自分のために積み重ねられ、どんどん重力を増していく。言葉だけでなく、場所にも、季節にも力はあった。家族から――七葉から――離れたキャンパスの、やわらかな新緑が目にしみる季節。私はまだ「可愛い」が自分の弱点だなんて気づいていなかった。満面に笑みを浮かべた小野寺に可愛いと言われるたび、私の心はふわりと浮き立つような気がした。

木月くんや慎のときとは違う。それは百も承知だ。木月くんのことも、慎のことも、できるだけ思い出さないようにした。気持ちを比べてもなんにもならない。あんなふうに誰かを好きになって、いいことなんてあっただろうか。――あったよね、あったよね、と木霊《こだま》する声がどこかで聞こえたような気がするけれど、それを無視して私はそろりそろりと糸をたぐり寄せる。小野寺は強引で外向きの人だ。だけど、この力強さで私を押し出してくれるかもしれない。なにより私のことを可愛いと思ってくれている。

可愛くなりたいの、と訊いた人がいた。ずっと前のことのような気がするのに、今もなまなましくて傷口を正視することができない。思い出したくないのに、忘れられない。ほんとうは私は待ち焦がれていた。その人にこそ、可愛いと思われたかった。他の誰かが何を言おうとも、その人だけが私を可愛いと思ってくれればそれでよかった。もしそうだったら、可愛すぎる妹が隣にいても、「可愛い」にこれほど囚われずに済んだはずなのに。

小野寺が何十回目かに私を可愛いと言ったとき、この人が私の絆創膏になってくれると信じてみたくなっていた。これからこの新しい場所で、私を望んでくれるこの人と、ゆっくり親しくなっていけばいい。今はまだ、でもいつかは、この人を心から好きになる日が来るだろう。そう思える自分に小さく胸を張りたくなった。

小野寺は目立ちたがり屋だったから、つきあいはじめたことを自分で吹聴した。夏の合宿の頃には私たちはすでにサークル公認のカップルになっていた。

小野寺と私はなにもかも逆だった。最初からわかっていたつもりだったけれど、私はいちいち驚いて、小野寺の自信に満ちあふれた顔を見た。人に話しかけるときの声の大きさも、お昼に食べたいものも、これまでに観た映画も、お風呂の温度も、洋服の色遣いも、好きなものは全部逆だった。仲よくなりたかったから、少し無理をして好みを合わせようと努めた。可愛いと言い続けてほしかったから、かもしれない。

でも、それはほとんど意味のないことだった。努力して変えられる範囲なんて、小野寺がよく着ていたポロシャツの襟みたいなものだ。胴体は変わらない。開くか閉じるか立てるか、襟なんてそれくらいしか変えようがない。

不思議なことに、小野寺がため息をつくのは、決まって私が彼に歩み寄ろうと腐心してい

るときだった。彼は呆《あき》れたように苦笑して、

「麻子ちゃんは頑固だね、絶対に自分の好みを曲げない」

と言った。黙って小野寺の顔を眺めるしかなかった。私が折れても足しにならないくらい、私たちはかけ離れているのだった。

「俺たち、性格が違うのがいいんだよな」

しばらくはそう言っていた小野寺も、あまりに違いすぎることにやがて気がついて言葉を失っていった。

「まったく合わないって、すごいことだと思う」

最後は小さく笑いながら、でもちょっと感心してるみたいに言ったので、私も気持ちが軽くなり、できることならもっと好きになりたかった相手の顔を見て微笑んだ。


やれそうなことを、という小野寺の助言のせいだろうか。仕事には語学力を活かしたいと思った。やりたい仕事がわからないなら、得意なことを軸に考えるしかない。どう考えても、私には英語くらいしか得意はなかった。

そもそも高校のときに英語がいちばんできたから、それを足がかりにして大学を探した。語学に力を入れていて、家から遠い、公立の大学。基準はそれだけだった。国立大学の英文

科に受かり、即座に入寮手続きをした。確実に家から出たい、その一心だった。やりたいことなんて初めから考えもしなかった。

英語を、さて何に活かすのか。それは入社してから考えればいい——そんな大雑把な気持ちで、輸入貿易会社を何社か受けた。総合商社は狭き門だし、第一、総合というからにはありとあらゆる仕事がひしめいていそうで、入社後の自分が何をしているのか見当がつかない。輸入に限られていれば、輸出がない分、とりあえず仕事の範疇は半分に狭まるような気がした。そのほうが安心だった。

英語を使えて、自活できるお給料がもらえて、かつ、職場が自宅から離れていること。条件はそれくらい。それでも、こちらの目線が低いせいか、会社というところは何もかもひどく大仰なように感じられた。匂いが違った。着ている服が違い、使われる言葉が違い、自分が会社に入ったところでとても混じれそうにはないと思った。

特に苦手だったのは、面接での自己PRだ。私はごく普通の、あたりまえの人間だと思う。PRするほどの自己ではないし、PRなんかすればするほどPRできるところが薄まって、ぺらっぺらなところが透けて見えそうだった。本気でPRなんかしたら笑われるのではないか。そう思いながら、面接試験に備えた。よいと思われるところを苦労して箇条書きにし、うまく喋れるようそれを暗記する。自分のよいところを暗記しなければいけないなんて、なんだか変だ。暗記する私とされる私が乖離していく。準備したはずの言葉は、会場の椅子にすわった瞬間に煙のように消えていった。

そのせいかどうかはわからないけれど、自己PRを強制されなかった会社にだけ受かった。比較的大手の貿易会社で、お給料も悪くなかったし、私は心底ほっとした。これで、実家の世話にならずに生きていける。父が骨董を売ったお金を自分の生活のために使わなくて済む。父を解放したという気持ちもあったし、私自身を解放したという思いも強かった。

恋人は控えめに祝ってくれた。

「津川さんならどんな会社でもだいじょうぶだと思ってたよ」

そう言って、つきあいはじめたばかりの彼はにっこりと笑った。だいじょうぶだなんて全然思っていなかったからお世辞にしても意外だった。

「そうかな、ちゃんと就職できるか自信がなかったんだけど」

私が言うと、安藤くんはまた笑って首を振った。

「誰にでも好かれるタイプだもの、どこに行ったってだいじょうぶだよ」

それは違う、と思う。でも口には出さなかった。安藤くんは同じゼミでずっと私を見ていてくれたという。頭がよく、ゼミも含めて成績はオールAという噂だった。でもそれを鼻にかけるようなところがなく、いつも穏やかににこにこしている。つきあってほしいと言われたとき、こういう穏やかさをずっと求めていたような気がした。

私は靴屋にいた。美しい、と人は言う。触れれば吸いつきそうに鞣《なめ》された革と、その光沢、足に履くのだということを忘れてしまうほど華奢な、あるいは堅牢でも上品な形。そうして、その匂い。

あまりにもよくできていて、履いてしまうと足にぴったりとなじむ。履いているのかどうか不安になって、つい足下《あしもと》を見てしまうと言う人もいる。店内に置かれた靴という靴をねっとりと見てまわる人がおり、ただ一足だけに目の色を変える人がおり、私はその熱気に気圧《けお》されて後ずさりそうな気持ちで立っている。

試着するお客のそばに屈んでサイズを確かめながら、私は何をやっているのだろうと思う。どうしてここにいるのか、やっぱりわからなくなる。

英語を活かせれば、と考えて入った輸入貿易会社で配属になったのは、靴を輸入する部門だった。辞令には「部付き」とあった。部署には机がなかった。

部長が説明をしてくれた。ここでは誰でも現場を経験してから本社に戻るんだ。そうして、にっこりと笑って私の肩を一度だけ叩いて言った。

「がんばってください」

言われたことがわからなかった。何をがんばるのか、現場とはどこか、私はどこへ来てしまったのか。正確に言えば、わからないふりをしていただけかもしれない。受け入れたくなかった。はい、がんばります、とは言えなかった。靴を輸入する現場ではなく、輸入した靴を売る現場での研修など、なんの意味があるのだろう。餅は餅屋。靴は靴屋。たぶん、こういうときに使う諺《ことわざ》ではないと思ったけれど、頭に浮かんだのはそれだけだった。そういえば、部長の名前は土屋といった。土は土屋。彼も現場で場数を踏んできたのだろうか。

配属されてあらためて痛感したことだけれど、私は靴に関心がなかった。靴にも、服にも、化粧品にも、宝石にも、およそ友人たちが好みそうなもののほとんどに興味が薄い。地味な家で育ったからだと自分を納得させてきたけれど、ふと、七葉は違う、と思う。会うたびに違う服を着て、はっとするほどきれいにしている。七葉なら、この靴のよさをわかるだろうか。うんときれいな、そしてどきどきするくらい高価な靴たちのよさが、七葉にならわかるのだろうか。

店で一緒に働く人たちを同僚と呼んでいいのか、迷ってしまう。同僚と呼んだ瞬間に、研修の身で厚かましい、という思いと、大学を出て大手の貿易会社に就職した自分が靴屋の店員をやるなんて、という気持ちとがせめぎあう。店長も含め、店員たちは皆、この靴屋に就職した人たちらしい。貿易会社から修業のために派遣されてきたのは私ひとりだ。同僚と呼ぶほど親しみもなく、共通点もなく、先輩と呼ぶほど尊敬する気持ちがあるわけでもない。だいたい、年下の人を先輩と呼ぶのにも抵抗がある。

いちばん大きな差異は靴に対する思い入れだ。彼女らにとって靴が何なのか、私は理解できずにいる。少なくとも、単なる商品ではないのは確かなようだ。熱、だろうか。ひとことで言うなら、靴に対する熱さが、彼女らにはあって、私にはなかった。

研修らしい研修もなかった。勤務時間や休日のシフトなど事務的な説明があった後、店のつくりと、だいたいの商品の並び、それに倉庫に案内されたくらいで、いきなり売り場に立たされた。靴の種類も、名前も、メーカーやブランドも、使われている素材のことも、サイズの合わせ方も、一切知らなかった。いつか教えてもらえるのだろうとのんきに構えていたのがいけなかった。お客が来て、とりあえず、いらっしゃいませ、と声をかけてみたものの、あとは冷や汗をかいてまごまごするばかりだ。

サイズを訊き、適当な靴を見繕って売ればいい、という店ではない。私がこれまでに知っていたどの靴屋とも違う、特殊な――すべて輸入物で、とびきり美しく、履き心地がよく、そして高価な、と言い換えてもいい――靴を扱う店なのだと、初日の朝にすでに気づかされていた。腰が引けて、どちらを向いて立っていればいいのかわからない。お客のほうも向けず、きびきびと立ち働く店員たちのほうも向けず、私は靴ばかり見て過ごした。

敵であるはずがない。何度もそう思った。入社経歴は違っても、同じ店で働く者同士、敵であるはずがない。でも、黙ってただ売り場に突っ立っている私に、誰かが声をかけてくれることはついになかった。それは、ほんとうに、初めての体験だった。敵ではないにせよ、まわりの人間が誰も味方ではない。そんな場所に立たされたことは、思い出せる限り、一度もなかった。間違えた場所に来てしまった、と愕然とする一方で、これが働くということなのか、とあきらめに爪先を浸そうとしている。ついこの間まで学食で友人といつまでもお茶を飲んだり、寮の部屋で好きなだけ本を読んだりしていたことが、遠い温室の中の出来事のように思い出される。あれがきっと最後の温かな場所だったのだ。

一日じゅう売り場に立っていると、終業の頃には貧血を起こしてしまいそうなくらい疲れる。でも、疲れた、なんてもちろん言えない。職場の全員が立ち通しなのだし、だいいち、ただ立っているだけで何も仕事をしていない私が口にできるような言葉ではない。疲れたと口にすることができるのは、しあわせな証拠だったのだと初めて知った。心を許せる人が聞いてくれるから、疲れたと言えるし、ため息もつけるのだ。

更衣室でのろのろと着替えていると、後から入ってきた女性が——たぶん、中村さんという、私より五つくらい年上のきれいな人だ——思い切ったように声をかけてきた。

「靴ね」

それからちょっと目を伏せ、

「替えてみたらいいんじゃないかと思うのよ」と言った。

私はちょうど制服の靴を脱ぎ、通勤用の靴に履き替えているところだった。ぱんぱんにむくんだ足を窮屈な靴に無理に入れたため、小指が痺《しび》れかけていた。この靴を、もっと楽な靴に替えてみてはと言ってくれているのだろうか。中村さんは一度ドアのほうを振り返り、誰も来ないのを確認してから小声で続けた。

「一度、店で好きな靴を選んでみるといいよ。その靴じゃ、ほら、あれだから」

あれだから、と言われるほどあれじゃないんです、もともとのサイズは合ってたんです。そう言い返したいのをぐっとこらえた。勤め用に下ろしたばかりの新しい靴だった。

「社員割引もあるし、ローンも利くから」

もしかしてこの人は。私は中村さんの顔をまじまじと見た。こんなところで、同じ店で働く私にセールスをしているのだろうか。

「遅番のときがいいかな。店を閉めてから、ゆっくり見てまわるといいよ」

中村さんは私の様子には頓着せず小声でそれだけ言うと、じゃあお先に、と出ていってしまった。

更衣室に取り残された私は、しばらくぼんやりと自分の靴を見ていた。社会人になるのだから、と選んだ靴だ。私には高い靴だった。それから重い腕で更衣室のドアを開け、薄暗くなった外へ出た。

散々な日々だった。自分の不甲斐なさにもほとほと嫌になったけれど、職場の人たちとの関係を思うとさらに気が滅入る。中村さんはもっと他に言うべきことがあったはずだ。毎日私の困りようを見ているのだから、叱咤してくれてもいい。でもできることなら、仕事のしかたを教えてくれるとか、助言をくれるとか、励ましてくれるとか、もう少しやさしい言葉をかけてくれてもよかったんじゃないか。それなのに、よりによって私の新しい靴を指し、あれだから、と言った。でも、声をかけてくれるだけましなのかもしれない。どうかすると、業務以外では誰ともひとことも喋らない日さえあった。

帰りの道のりが遠い。輸入貿易会社の本社へ通うのに便利な場所にアパートを借りてしまっていた。まさか、すぐに出向になるとは思ってもみなかった。ＪＲと地下鉄を乗り継ぎ、むくんだ足を引きずるようにして部屋に戻る。充実感も達成感もない。このままこんな日々が二年も続くなんて、とても考えられない。

「お先真っ暗だよ」

電話をかけてきた恋人はそう言った。彼は学生間で人気の高い通信会社に就職し、事務系が希望だったのに営業に配属されたと嘆いていた。贅沢な嘆きだと思った。本社にいられるんだからいいじゃないの、と言おうとしてやめる。そんなことを言ったところで彼の落胆が晴れることはないだろう。

「それで、麻子のほうはどんな具合」

ひとしきり嘆いた後で、彼は私に話を振った。

「ううん、どうってこともない」

ほんとうは靴のことを話したかった。その靴じゃあれだから、と言われた私の靴が不憫だったこと。でも、ほんとうに不憫なのは私自身じゃないかと彼に言い当てられるのが怖かった。自分を不憫がっている自分がいちばん不憫だ。かわいそうがられたり、哀れまれたり、彼にはされたくない。

「がんばろうね」

私が言うと、電話の向こうでひと呼吸あり、

「うん、がんばろう」

と小さな声が聞こえた。


朝、早く起きた。ひとりの部屋で仕事のことを考えていると、あまり前向きな気持ちになれないことはわかっていたので、できるだけ何も考えないことにした。そうしてその分、部

屋を早く出た。アパートの小さな玄関で、あれだから、と言われた靴を見ると気が滅入りかけたけれど、振り切るようにさっさと履いて部屋を出る。

電車の中で、今日すべきことを考える。まずは、店の商品を覚えることだ。商品を知らないというのが、なにはさておきいちばん困ることだからだ。どうして、と考えそうになると頭を振って窓の外の景色を見た。どうして、どうして靴を売ることになっちゃったんだろう。吊革につかまり、混んだ電車に揺られながら、それでも私は気がつくと乗客たちの靴ばかり見ているのだった。

店は、靴屋というにはずいぶん立派な造りだ。外国映画に出てくる由緒ある店を思わせる。入り口の扉は重たそうなマホガニーで、一見で開けて入るには勇気がいるだろう。もしも私がここに勤めているのでなかったら、きっと永遠にこの扉を押すことはなかったと思う。高級そうな、敷居の高い感じがする正面から店を見上げてから、裏にまわって通用口を入る。渡されている合鍵を使うと、中はまだ暗かった。事務所に通じる廊下に、すでに革の匂いが立ち込めていた。

早番は、店を開ける準備のひとつとして簡単に掃除をしておくことになっている。私には恰好の仕事だと思う。他に何もできないのなら、せめて掃除に精を出そう。私は朝からうっすらと汗ばむほどに床を磨き、棚を拭く。試着用のマットを集めて通用口の陰で叩けば、かなりの量の細かい埃が飛ぶ。十数枚のマットを戻したところで、私はやっと少しほっとした。居場所をきれいに整えることは、居心地をよくしてその場所を味方につけるようなものだ。川の近くのあの古い家と祖母に叩き込まれた教えだ。もしもまわりに味方がいないのだとしたら、なおさら場所の援護が必要だった。

それから店内をゆっくりと歩きまわる。陳列台の前では一歩ごとに足を止め、オークの棚の間を抜け、どこにどんな靴があるのか覚えようとした。でも、見れば見るほど戸惑いは大きくなる。こんなにたくさんの靴が必要だとは思えない。ほんのわずかなデザインの違いだけで何種類もの靴がつくられる意味が理解できない。精密な機械の部品ならともかく、些末《さまつ》な差異が大きな意味を持つわけではないだろう。つまり、ヒールの先が尖っていようが若干丸かろうが、紐を通す穴の数が多かろうが少なかろうが、そのためだけにもう一足の靴が並べられる理由にはならないと私は思う。

値段も気になっている。この店の靴がすべて輸入物の高級品だとわかっていても、この値段はないと思う。いちばん安いものでさえ、私の普段の靴なら二足は買えた。二足分の予算なら出せないことはないかもしれない。でも、アパートの家賃とほぼ同じ値段の靴となったら、いったい誰が買うのだろう。どんなに気に入ったって、これを買えば生活ができない。そうして私にとっていちばんの問題も、そこにあった。生活費を切り詰めてでも、と思えるほど気に入った靴が、ここでは見つかりそうもないのだ。たぶん、ここにないならどこにもない。靴一足をそこまで気に入るも入らないもないだろうというのが私の正直な意見だった。

たっぷりあった朝の時間も、いつのまにか消えている。掃除を済ませ、靴の間を歩きまわり、ときどき立ち止まっては、こんなヒールの靴を履いてどうやって歩くんだろうとか、この靴は一月分のお給料と同額だ、などと感心したり驚嘆したりしているうちに同僚たちがやってくる。あとは一日、私の出番はない。言われるまま倉庫に靴を探しに行ったり、レジや包装を手伝ったり、仕事らしい仕事もしないうちに勤務時間が終わる。ふくらはぎが張り、足首がひとまわり太くなっている。今日も誰とも言葉を交わさなかった。

シャンク、シャンク、とその場では声に出さずに繰り返し、脳みそに書き留めておく。後でこっそりポケットのメモに書き写し、更衣室に戻ってから靴辞典でその単語を引く。一つ二つならまだいい。ときには一時に四つも五つも知らない単語が出てきて、それをすべて記憶するのが至難の業だった。ちなみにシャンクとは土踏まずのことだ。靴の土踏まずの部分や、ここに挿入する鉄片のことも同じくシャンクという。この店で働くことがなければ知らなくても生きていける単語だったはずだ。

コバ、ガース、ウエルト、ビスポーク……特殊な単語を覚えるには限界がある。私はチーフの吉井さんの話を理解しているふりをしてうなずきながら、頭の中で必死にいくつもの単語を反芻していた。

「チップがどうしても気になるんだって」

返品になった商品を見ながら吉井さんが不満げな声を出す。私の脳はすでに許容量を超えている。知った顔をするのに無理があったのだろう、吉井さんは私を見て怪訝そうな口調になった。

「何か疑問？」

「あ、いえ」と言った私に、彼女はたたみかけた。

「津川さんはチップなんて気にならないのね」

「いえ、気になるもなにも、その、チップって……」

吉井さんは驚いたように目を見開いた。

「あなたね」と言って言葉を切り、大きくため息をついてみせる。それから低い声で続けた。

「曲がりなりにも靴屋の店員でしょう。チップを知らないなんて恥ずかしくないの。チップなんて今どき田舎の男子中学生だって知ってる、専門的でもなんでもない言葉なのよね。あなた、ファッション誌も読まないってわけ」

自分の意志とはまったく無関係に鼻の奥がつんとなり、熱い水分がじくじく湧いてくるのがわかる。必死でそれを押しとどめようとしながら、頭のどこかは冴えていて、こんなことで泣けるなんて今まで甘っちょろいところで生きてきた証拠だなあと考えている。ちょっと厳しい言葉を向けられただけで、目が勝手にぬかるんでいる。

「あまり、ファッション誌は読まなくて」

声が弱々しくならないよう、精いっぱい力を入れて喋った。

「興味がなくて？」

どう答えていいかわからなかった。うなずいてしまいたかったけれど、それは靴屋の店員として失格だと思った。

「……まあ、いいわ。ここで働いていく気があるならチップくらい覚えておくことね」

「はい。すみませんでした」

私は深くお辞儀をする。こらえていた涙が逆流しそうになる。足早に更衣室に戻り、頭に入れたはずの単語をメモに写そうとするけれど、沼地に足を取られたようにずぶずぶと沈んで、ひとつも浮かび上がってはこない。

夜、安藤くんから電話があった。待ちかまえていたように私は昼間の職場でのことを話す。誰かが話を聞いてくれるのはこんなに気持ちのいいことかと思う。

だ。

「安藤くん、チップって知ってた」

私が訊くと、知らなかったよ、と彼は答えた。その声音が不自然で、ほんとうは知ってるんだな、と思う。知っているけど、私を傷つけたくなくて知らないふりをした。やさしい人だ。

ひとしきり話し終えると、安藤くんがぼそりと言った。

「なんか、麻子ってついてないよな」

うん、と言いながら、そんな話ではなかったような気がしている。

「新人に何も教えないでおいてそんなことで叱るなんて、麻子が嫌になるのもあたりまえだよ」

うん、と私は言う。嫌になったわけではないのだけど、やっぱり口には出せない。安藤くんは私をなぐさめてくれているのだから。

「麻子はひとりだけ親会社から派遣されてきて、待遇も違うんだろ。その人、麻子のことをよく思ってないのかもしれないな。それでいじめてみたんじゃないか」

うん、とまた私は言う。今度はちゃんと声に出した。

「でも間違ったこと言ってないよ、チーフは。言葉は厳しいけど、いじめたわけじゃない」

数秒ほど沈黙があった。

「麻子が言ったんじゃないか、それならいいよ、愚痴ってないでがんばれよ」

うん、と言うしかない。せっかく聞いてくれていたのに怒らせてしまった。

「で、今度の週末は会えるの」

「夜だったら。ごめん、休めないから」

電話の向こうの苛立ちが伝わってくる。

「有休あるんだろう」

靴屋は週末も休まないと何度も言ってあるはずだ。新人が週末に有休を取りにくいことだってわかると思う。

「ごめん」

私はもう一度謝った。


それほどお客の多い店ではない。靴屋の標準を知っているわけではないが、たまに私が靴を買っていた、駅ビルの一階やデパートの靴コーナーには絶えず人がおり、店員がそれに忙しく応対している印象があった。

この店は様子が違う。お客の数は多くはないが、来れば一時間から二時間、長い人だと午後じゅう店で靴を選んでいたりする。合わせたい服を何着も持ち込んで、わざわざ着替える人もいる。だからすわり心地のいい椅子が何脚か置かれている。試着をするにも都合がいい。店員は決してセールスという感じではなく、お客の話を聞き、親身になって靴を選ぶ。

靴を実際に試着するときの入念さには驚くばかりだ。一度でもこの店で買い物をしたことのあるお客にはひとりひとりにカルテがつくられていて、そこに足の形やサイズや細かな特徴などが丁寧に記されている。サイズといっても、長さや幅だけではない。ぐるっと一周した長さ、甲の厚み、土踏まずのへこみ具合、五本の指の長さのバランスなど、私が今まで一度も計ったことのない――何の役に立つのかもまだよくわからない――数値が書き込まれ、手描きの線画などがつけられている。そんな詳細なカルテがあるにもかかわらず、新しい靴を買うたびごとに計り直すのがまた不思議だ。

「ちょっとした体調で、サイズなんてすぐに変わるから」

こともなげに三津井さんという若い同僚が教えてくれた。最近、この人がときどき話しかけてくれるようになった。それだけでもだいぶ強張りがほどける。

「一日のうちでも、朝と夕方じゃ一センチくらい違う人もいるのよ」

それは、この職場に来て以来、私も実感していることだ。一日立っていた後では確実に足の大きさが変わっている。パンプスが入らない。すでに私は、通勤にはスニーカーを履くようになっていた。

この店はお客ひとりひとりの足を把握し、ぴったりの靴を提供することに力を注いでいる。ただし、そればかりでもない。むしろ、お客はショーウインドーに飾られた美しい獲物を見、取り憑かれたように扉を開けて入ってくる。そうして、一度気に入ってしまった靴からは絶対に目を離さない。応対に出た店員との会話も上の空で、ただただその靴を履きたい一心でそこにいる。

「履いてみていいかしら」

そう言ったときにはその靴をもうほとんど手に入れたような気持ちでいる。目の色が変わっているのがわかる。もしもサイズが合わないなら、足のほうをなんとかしようという意気込みだ。

この感じは前にも経験したことがある。私が知っている何かととてもよく似ている。そう思いながら私はその正体を突き止めようとはしなかった。煩わしいことに近づくと発せられる警戒警報が耳の奥で小さく鳴っていた。

ある日の帰り、更衣室で中村さんと一緒になった。その日は遅番で、店を閉める頃には陽も落ち、すっかり暗くなっていた。私は夜に弱い。感じのよくないお客の相手を夕方から長くしていたこともあり、いつにも増して疲れていた。中村さんは私が履き替えたスニーカー

をちらっと見て、

「それは賢い選択だと思う」と笑った。

「そうだ、今日、どうかしら。店で、靴、見ない？」

断る理由を咄嗟に思いつけなかった。最初に誘われてから半年も経っていた。

「それとも、この後、何か予定でもある？」

「いえ」

私は首を振る。約束も予定もない。ひとりのアパートへ帰るだけだ。このところ、安藤くんからの電話の間隔も開いてきている。たまに会って話せても、些細なことに苛立つ彼を見ているのが悲しい。

「ちょうど店長もいるし、いい機会だと思うよ」

促されて私は、スニーカーをもう一度制服用の靴に履き替えた。

足のサイズを詳しく計るのは初めてだった。23のEE。それでこれまで通ってきたし、疑ってもいなかった。それなのに、店長が言うには私の足は「23・25。その言い方で言うならね。アメリカのサイズ6にぴったりよ」ということだった。

「フェラガモによれば、あなたの足のサイズを『ヴィーナス』って言うらしいわ。完璧な足。でもまあ、あんまり意味はないのよ、サイズには。大きさの目安にはなるけど、靴だってひとつひとつ違うわけだし」

そう言いながら、店長は、きゅっと唇を結んだ。口角が上がっているから笑っているようにも見えた。

「それで、どんな靴がお望みなのかしら」

特に望みはない。靴には特に望みなどない。私は困った。中村さんは私を店長に引き渡したら帰るものかと思っていたのに、黙ってそばについている。

「じゃあ、履いてみたい靴は？　言葉ではうまく言えなくても、実物を見ればピンと来るでしょ」

店長が私を促す。それで、ひとつ、靴を思い出した。あまりにも値段が高いので、自分には関係のない靴だと思っていた。でも、履いてみるだけなら、あれがいい。奥の棚の陰で私が指した靴を見て、店長は口許をゆるめた。

「ああ、それはね、誰かさんがすごく気に入ってる靴よね」

視線を追って振り返ると、中村さんが何も言わずに目を伏せた。

「そのブランドは本国でももともと数をつくらないのね。この店には、シーズンごとに一足とか二足とか、それくらいしか入ってこない。でも、品物は素晴らしいから、私としてはもつと目立つところに置きたいんだけど——たしかミーティングでもそうすることに決めたはずなんだけど――どうしてだかいつも柱の陰なんかにひっそり移動してるのよね」

店長はおかしそうに笑った。

「いいかしら、中村さん。津川さんに履かせてあげても」

中村さんは目を上げ、しっかりとうなずいた。

「サイズはだいじょうぶそうね。あなたの足は見事な標準サイズだから――いけると思うわ」

中村さんは背が高く足も長いから、きっとこの靴は小さすぎるのだろう。それにしても、そんなに気に入っている人の目の前で、当の靴に足を入れるのは緊張する。別の靴にします、と言いたい気持ちをなんとか抑えた。数ある靴の中から一足だけ選び出された靴が自分のいちばん気に入っている靴だとしたら、私なら、うれしい。たとえそれが靴に関してまったく素人の、お洒落にさえさして興味のない、冴えない新人だったとしても。

私は気持ちを奮い立たせて靴に足を入れた。靴べらを使って踵《かかと》を落とす。

「あ、ちょっときついみたいです」

ほっとして、私は言った。サイズがぴったりだったら、中村さんに後ろめたいような気がしたし、なにより、鼻の頭に汗をかくくらい高い靴を買う羽目になる恐れがある。

店長は動じなかった。

「ほんとうにきつい？　踵はきっちり包み込まれるようにできているのよ、少しきつく感じるくらいでちょうどいいの」

そうして私の足の入った靴を踵、爪先、と指で押し、指の付け根のあたりを両側からつかんでみて、うん、いいみたい、と言った。

「指の先の捨て寸も理想的だと思うわ」

ほら、と背中を押され、そのまま二、三歩歩いてみる。あ。あ。あ。歩くたびに声が出そうだった。

足の動きに靴が完全についてくる。この靴、ただ者ではない。土踏まずにぴたりと吸いつくような感じは、今までに味わったことのない感触だ。重いのに軽い。存在感はあっても歩く邪魔にならない。それどころか、裸足よりも気持ちがいいくらいだ。どこまでも歩いていける気がした。自然に笑みがこぼれた。

売り場を一周し、店長と中村さんの前に戻った。どう？　というように笑みを浮かべた店長に黙礼し、中村さんのほうへ向き直る。

「中村さん、これ、すごいです。こんな靴、初めてです」

中村さんは笑って、それはよかった、と言った。

「ありがとうございます」

「どうしてあなたがお礼を言うの」

「こんな靴があるなんて、知りませんでしたから」

店長と中村さんが顔を見あわせて笑う。

「あなたってしあわせねえ。この店、靴好きの間じゃこれでも名の知れた店なのよ。入社するの、けっこう大変なんだから。津川さんみたいに、靴のくの字も知らないで入ってきて、今頃いい靴を知ってよろこんでるなんて、ほんとに、のんきなものよ」

そう言いながら、楽しそうだ。

「その靴を選んだっていうのは見所があると思う。ねえ、中村さん」

「ちょっと悔しいですけど」

中村さんも笑顔で同意する。

「なんたって、柱の陰に隠しちゃうくらいお気に入りだったんだものね。で、この人に譲ってあげていいのかしら」

中村さんはうなずいた。私は困るはずだった。値段がべらぼうに高いのだから。それなのに、やっぱり、ありがとうございます、と答えていた。分割払いもできると聞いていたし、一度足を通してこの靴のよさを知ってしまえば、値段分の価値はあると思った。なにしろ、立っているだけで膝がすっと伸びて、歩けば足が弾むようなのだ。値が張るのもあたりまえだった。――というのは半分嘘だ。後から取って付けた理屈だ。実際には、この靴が自分のものになるうれしさだけで舞い上がっていて、値段のことは頭から吹き飛んでいた。

こうして、初めて足にぴったりの靴が私のものになった。それだけでも私にとっては革命的なことだったのだけど、家に帰って新しい靴にブラシをかけ、クリームを塗り込むうちに、大事なことに気がついた。耳のすぐ後ろで、びいどろをぺこぽこ鳴らされたような感じがした。

このうれしさを私はすでに知っていた。気に入ったものを見つけ出すこと、それを手に入れるときの胸の高鳴り、大切に愛撫するときのしみじみとしたよろこびは、すべて幼い頃に体験済みだった。靴を磨く私の脳裏には、川のそばの古い小さな店の情景が浮かんできて、いくら振り払っても消えなかった。

ひなびた店の奥には父がすわっている。父が目をかけ、愛情をかけた品々が棚でのびのびと手足を伸ばしている。呼吸をしているようにも見える。薄暗い店先でほのぼのと光を放つものがある。呼び寄せられるようにお客が来る。品物を売る側と、買う側、それに品物そのものとが、それぞれの立場を超えて交わろうとしている。

私はずっと知っていた。知っているからこそ忘れたいと願った、閉じ込めたはずの記憶だった。ほんとうによいものに触れるよろこびと、それを最も深く受けとめることができるのは自分ではないと知ってしまった絶望。それらをあの古い家にすべて置いて出てきたはずだ。

それなのに今、アパートの小さな玄関にすわって靴を磨きながら私は、自分の中の何かが流れ出すのを感じている。もしかしたら、と祈るような気持ちで左手の靴を見つめている。私の足にぴったりの靴が、封印を解く。私にも、愛せるかもしれない。捉えようのなかった靴屋という仕事が初めてこちらを振り返り、次の角あたりで待っていてくれそうな気配がしている。

たった一足の靴が、私の世界を変える。靴に対する見方がぐるりと回転し、同時に私も回転したのだろう。違う場所からのぞく世界は、ちゃんとそれにふさわしい、今まで見たこともなかったような顔を向けてくる。靴をもっと、もっともっと知りたいと思った。

店の靴をすべて覚えるのに、さして時間はかからなかった。靴の種類と名前を覚えてしまうと、メーカーの特徴や価格帯を把握し、靴のつくりや革の種類についても知識を増やしていった。

そういえば、昔、母が言っていた。「知りたい」と「好き」は同義語なのよ。たしかにそうだと思う。でも、母自身は何を知りたいと願っていたんだろう。私が靴を知りたいと思うみたいに母も何かを知りたかったはずだ。今の私の年頃には、母にはもう私がいた。もしかすると、母が知りたいと願って得たものは、私だったのかもしれない。そうして、今も知りたいと願い続けているのかもしれない。父のこと、娘たちのこと、断念してしまった活け花のことも。

知りたくない、と言ったのは安藤くんだ。電話は滅多につながらなくなっていた。お互いに忙しいのだからしかたがない、と私は思おうとした。電話がかかってこない理由ではなく、自分がかけない言い訳として。

「前から言おうと思ってたんだけど」

やっと通じた電話の途中で、安藤くんは切り出した。

「麻子は忙しすぎる。全然会えないじゃないか。週末も休みが取れないし」

「ごめん」

でも私のせいではない、と言いそうになってしまった。

「ずっとこんなのが続くんだったら」と彼が言ったとき、私は身構えた。ところが彼が言ったのは意外なことだった。

「辞めちゃえば」

「何を」

何を辞めるというのか、私には思いつくものがなかった。

「仕事だよ、仕事に決まってるだろ。そんな忙しい職場で働くなんて初めから麻子に似合ってなかったんだ」

「そう、かな」

「そうだよ。どうせ結婚すれば辞めるんだろ、今辞めたって大差ないじゃないか」

誰が結婚すれば辞めるのか、そもそも誰が結婚するのか。受話器を握ったまま私は黙り込んだ。と、安藤くんが不機嫌な声で言う。

「なんだよ、何が不満なんだよ」

しばらく前から、安藤くんの口調がぞんざいになったことに気づいていた。結婚をして、仕事を辞め、家の中でただひとり話す相手がこんな横暴な話し方をするのでは奥さんは悲しいだろうな、と思った。奥さんに自分の顔はあてはまらなかった。

「今は覚えることがたくさんあって大変なのよ。もう少し待って、じきに落ち着くと思うから。ほら、もうすぐ冬物が入ってくるし」

そう言いかけたとき、安藤くんが遮った。

「知りたくないよ、そんなこと。麻子の仕事の話なんか聞いてもしょうがない」

ごめん、と私は言った。もう少し、がどれくらいなのか、待ってもらってどうするつもりなのか、私にもわからない。安藤くんだけを責めるわけにはいかない。

誰もが憧れている一足の靴があった。まんなかの靴台のいちばんいい場所に凛と胸を張っている。歴とした商品なのに、店のシンボルのような存在として前々期からそこにあるという。うかつに近づくことのできない威厳が放たれ、私はその靴の前に出ると陶然として身動きが取れなくなる。

店のスタッフもお客も、その靴が気になってしかたがない。そのくせ、何気なさそうに近づいていってちらちらと見たり、せいぜい指の先で触れてそのひんやりした革の感触に身を震わすのが精いっぱいだ。恐ろしいほど高価だったせいもある。でも、それよりも、この靴が王様だということに皆が気づいていたせいが大きいと思う。この靴を履けば、自分は家臣にならなくてはいけない。それがわかっていた。一歩間違えると家臣ですらない、奴隷として尽くすことになる可能性だってあった。

我孫子《あびこ》さんがその靴と一緒に消えたのは、冷え込んだ冬の晩だった。ぽっちゃりとした柔和そうな彼女が、台からあの靴を下ろしたときにどんな顔をしていたのか想像もつかない。私はただ怖かった。怒るような気持ちにはなれなかった。ものすごい形相で怒っている同僚たちの間で、私はたったひとりで別の衝撃に耐えていた。一足の靴のために何もかも棒に振って逃げた我孫子さんと、靴が奪われたことを知ったときの同僚たちの顔がひたと重なる。私にはあんな顔はできない、と思った。

嫌な予感がしていた。まさか、なのか、やっぱり、なのか。どう考えればダメージが少なくて済むのか、目の前に唐突に姿を見せた現実に対処する方法を私は必死に考えていた。

あの人たちは、不自由だ。我孫子さんも、同僚たちもだ。靴に対する思い入れが強すぎて、現実のほうを歪めている。靴泥棒も、それを今にも自分が犯してしまいそうだったからこそひどく狼狽して怒った同僚たちも、靴によって軟禁されているようなものではないか。それに比べて私はどうだろう。まったく自由だ。私には靴を盗まない自信がある。つまり私は彼女たちほどには靴を愛せないし、靴に愛されてもいないということだ。

何も変わっていなかった。心の底から何かを愛したり欲したりすることのできる人と、そうはできない人がいる。私は後者だった。その事実を突きつけられて川沿いの家から逃げてきたあの頃の私と、何も変わっていないのだった。

どうして靴を愛したかったんだったか。靴屋の有能な店員になることが目標ではないはずなのに、こんなに切羽詰まって靴を追いかけているのはなぜだろう。

答は簡単だ。さびしいからだ。私には何もない。愛することのできるものも、強く思い入れることのできるものも、気がつくとまわりには何もなかった。小学生の頃、小さな陶片を七葉と取りあったことを、嫌でも思い出す。あのとき、七葉は力ずくでつかんで離さなかった。私と喧嘩になっても、祖母に叱られても、離さなかった。力ずくでつかめるかどうかが鍵なのだ。私の手の中にはない、そういう頑なな一途さが今でも憎いほど羨ましい。

あるとき、私は自分の妙な特技に気がついた。自慢できるほどのものではなく、誰かの迷惑にもならない代わり表立って役に立つこともない。そんなものを特技と呼べるのかどうか疑問だけれど、どうせならもっと可愛げのある特技がよかった。私は、なぜか靴の値段を当てることができる。

就職して一年が過ぎようとしていた。ミーティングの席で、新しく入荷したばかりの商品が紹介された。それらをざっと眺めて、値段の見当をつけるのが習慣になっている。売り場に並ぶときには値札が付けられるけれど、その前にだいたいの値段を頭に入れておいたほうが便利なことが多いからだ。ところが、後で価格表を確かめて、自分でも驚いた。見当をつけた値段とどれもほとんど誤差がなかった。

最初はたまたまだと思った。そのたまたまが続いた。靴の値段が読める――ひそかな特技だと考えることにした。あまり大きな声で言えるようなことではない。靴好きなら、眉をひそめるかもしれない。値段だけわかってどうする、無粋なやつだ、と。自分でもそう思う。でも、事実だった。見るだけでなく、触らせてもらえれば、まず間違いなく正確な値段を言えた。履かせてもらえるならさらに完璧だった。

靴は正直だ。値段と品質が比例する。メーカーやブランドによって多少の差はあるものの、履き心地もほぼ比例している。そういう意味では、靴の値段がわかるというのは品質を見抜くことができるということだ。目利きってことだよ、と私は自分を励ましている。無論、あまり楽しいことではない。デザインの良し悪しや、好き嫌いとは関係がなく、ただ値段が見える。私が欲しているのはそんなことではない。良し悪しや、好き嫌いのほうにこそ翻弄されてみたい。こんな芸当ができるのは、靴を愛していないからなのだ。

その日、扉を開けて入ってきた人を見て最初に感じたのは、きれいな人だなあ、ということだった。いらっしゃいませ、と近づいてから、私たちは同時に、あ、と小さく声を上げたのだった。

「どうしてここに」

そう言ったのも同時だ。私は首をまわして扉の外を見、そこに黒塗りの高級車が停まって運転手が佇んでいないか探した。

「この近くに嫁いだの」

春木さんは見違えるほどきれいになっていた。嫁いだ、という言葉が耳で遅れてほどける。

「結婚したんだ、おめでとう」

「ありがとう。あなたこそ、どうして」

どうして靴屋の店員なんかに、と言われたような気が少しした。高校のとき、私は成績がよかった。春木さんが知っているかどうかはともかくとして、少なくとも春木さんよりはずっとよかった。春木さんがお客で私が店員、という状況を、あの頃はたしかに考えたこともなかったはずだ。

春木さんの質問には答えず、私は微笑んだ。

「よく来てくれてたの」

「よく、ってほどでもないかな。今度、ちょっと欲しい靴ができて」

「そう、どんな靴？」

入ってくるときにすでに今日の靴はチェック済みだった。ラウンドトウで、ヒールはほとんどない。ほっそりした足にはよく似合っていた。きれいに磨き上げられたスタイルに、フレアのたっぷり入ったワンピース。顔色があまりよくないようだったけれど、控えめながら抜かりのないメイクでカバーされていた。しいて言うなら、そこにバレリーナシューズはほんの少し違和感があった。きれいに見せるのが難しいバレリーナを愛らしく履きこなしているという点ではじゅうぶん合格なのだけど。

「その前に、ちょっと、断ってくるね」

春木さんは離れたところからこちらを見ていた吉井さんに軽く会釈をしてから近づき、二言三言話して戻ってきた。

「あたし、いつも彼女に靴を見立ててもらってたの。旧い友人と再会したから相談にのってもらうって話してきたわ」

はっとした。この店には厳密な顧客制もセールスノルマもなかったけれど、今まできっと上得意だったろうこの人を私のような後輩に渡すのはあまり面白いことではないかもしれない。おそるおそる吉井さんを振り返ると、彼女はもうそこにはいなかった。心なしか、他の同僚たちからも目を逸《そ》らされているような気がする。皆、吉井さんが怖い。触らぬ神に祟りなし、だろう。

「それじゃ、どんな靴がいいのか、希望を聞かせて」

気を取り直して私は明るい声を出す。春木さんがうなずく。

「第一の希望は、安全であること。その靴を履いていれば絶対に安全、っていう靴をお願い」

「わかった。雨が降ろうが槍が降ろうが象に踏まれようが絶対だいじょうぶ、っていう靴ね、まかせといて」

春木さんはちょっと片方の眉を上げて笑った。お手並み拝見、という感じだろうか。春木さんだけじゃなく、きっと吉井さんも同僚たちも見ている。

私はまず、試着用の椅子を持ってきて、そこにすわって待っていてくれるよう勧めた。そうしてすぐに何足か集めて、春木さんの前に運んだ。コンビのローファー、ヌバックのモカシン、タッセル付きのスリッポン。もちろん、どれも信頼できるメーカーのものばかりだ。春木さんの場合はたぶん値段のことを気にしなくていいはずだから、私も気が楽だった。

春木さんは一通りそれを眺めた後、椅子にすわったままで顔をこちらへ向けた。

「ヒールがなくて安全だっていうのはわかる。安全靴に華やかさを求めちゃいけないのもわかる。けど、なんだかあんまり気が向かないのよね」

「じゃあ、安全かどうか、いったん忘れてみて。機能のことは気にしないで一足ずつをよく見てみて。……ね、実はどれもすごく可愛いでしょ」

春木さんは律儀に一足一足目を移していき、結局首を振った。

「だめ、申し訳ないけど。もっときれいな形が好きなの」

それからゆっくりと椅子から立ち上がり、

「やっぱり、自分で見る」

がっかりはしなかった。靴好きなら誰だって、自分で見たいし、選びたいと思う。でも、春木さんが顔を輝かせた一足は、トップに優雅なリボンのあしらわれた六センチヒールだった。

「ヒール、だいじょうぶ」

後ろからそっと尋ねると、たちまち春木さんの表情が曇る。

「そうよねえ」

そのとき、吉井さんが手に一足の靴を持ってこちらへ来た。

「これなどいかがでしょう」

「あら、可愛い」

それは、たしかにヒールの低い、だけど編み上げ靴だった。

「これなら安全だし、可愛いし。どうもありがとう」

そう言って春木さんは吉井さんににっこりと微笑んだ。水を差すようなことはしたくない。早速椅子に戻って編み上げ靴を履きはじめた春木さんの背中を見て、取り越し苦労という可能性もあるのだと私は思おうとした。でも、そういうわけにもいかないのはわかっている。これにするわ、と春木さんが口にする前に、私は言うだろう。言わないといけない。

「あのね、春木さん」

そう言いながら、ああこの人はもう春木さんじゃないんだったな、と思う。結婚して、きっと苗字も変わっている。そして、この店へ安全な靴を探しに来た。ずいぶん遠いところまで行ってしまった春木さんのふくよかな耳元でささやく。

「すぐに靴紐も結べなくなるよ」

紐にかけていた手を止め、春木さんはまじまじと私を見上げた。

「そうなの？」

「そうなの」

私はうなずく。

「そういうものなのよ。足の爪も切れなくなって、だんなさんに切ってもらってたもの、うちの叔母」

お腹が大きくなれば前屈みにはなれない。春に出産した叔母が身体の不自由さをうれしそうに訴えるのを聞いていた。

「それなら、編み上げ靴はむずかしいね」

春木さんが声を落とす。

「じゃあさ、今はとにかくお腹の人のために安全な靴を一足選ぼうよ。それからもう一足、春木さん自身の十か月後の楽しみのために、うんとヒールのある華奢な靴も選んでおくっていうのはどうかな」

「あ、うーん」

春木さんは唸った。それから晴れやかな笑顔でうなずいた。

「それ、いいかも」

そうして編み上げ靴を置いて立ち上がり、嬉々として店内を見てまわりはじめる。あれかこれかと手に取り、何足も試着した挙げ句、なかなかに堅牢な一足を選んだ。宇宙人みたいだった春木さんが、すでにお母さんになりかけているのだった。

「また来るね」

「ありがとうございました」

お辞儀をした頭をゆっくりと上げて、ほんとうにおめでとう、ともう一度言った。来たときよりずっと明るくなって彼女は帰っていった。その後ろ姿を見送りながら、認めざるを得ない。私には、靴じゃなくて、人だ。すごく気に入った靴を、柱の陰にこっそり隠す気持ちもわからなくはない。でも、私だったら、気に入った靴であればあるほど誰かにも気に入ってもらいたい。その靴を履いてよろこぶ人の笑顔が見たい。中村さんならきっと、自分と同じくらいその靴を気に入ってくれる人が現れるのを根気よく待つだろう。そうして、この人なら、と思えたときにだけ、その靴をさっと取り出してみせる。それこそが、もしかしたら靴にも人にもいちばんしあわせな仲介なのかもしれないけれど。中村さんが固定客に絶大な信頼を得ているというのもよくわかるのだけれど。

吉井さんのことも、忘れてはいけなかった。春木さんはもともと彼女のお客だったのだ。しかも、彼女の薦めた靴は私の助言でリストから外れた。謝るのも変だ。でも、黙っているのも不自然だった。

「彼女、妊娠しているそうなので、ふさわしい靴を選びました」

「ああ、そう」

吉井さんはそっけなかった。選びました、だなんてもしかして逆に偉そうに聞こえただろうか。後悔するまもなく、彼女はフロアを出ていってしまった。

その後は接触する機会のないまま勤務時間が終わった。彼女が普段よりいらいらしているように見えたのは、気にしすぎだろうか。売り上げのことを言うなら、私など話にもならない。もし、春木さんの分の売り上げを彼女から奪うことになったとしても、特に気にするようなことではないはずだった。それとも、お客を引き継ぐときはそれなりの仁義のようなものがあるのだろうか。考えはじめると、気が重くなるばかりだった。本社の同期たちも、こんなことをいちいち気に病んだりしているだろうか。仕事自体には直接関係のないようなことで悩むのはばかばかしいような気もするし、どこで働いてもそんなものだという気もしている。

引き揚げた更衣室には、小柄な三津井さんが窓辺に立って向こうを見ていた。煙草だな、と思う。彼女はときどきここにこっそり煙草を吸いに来る。

「前から吸ってたわけじゃないのよ」

言い訳しているのを聞いたことがある。嫌なお客が来たり、店長や吉井さんに叱られたりすると、気分を変えるために吸いたくなるのだと言っていた。

「仕事してると、なんだか無性に吸いたくなっちゃうんだよね」

この頃はその頻度が少し高くなっているような気がした。私は声をかけずにロッカーを開け、制服を脱ぐ。扉の小さな鏡に、身体ごとこちらを向いた三津井さんが映った。

「どう」

鏡の中の三津井さんが言った。振り向いて、窓を背にした三津井さんを見る。煙草を挟んだ指を下ろし、こちらをじっと見ている。

「辞めちゃいたくなるとき、ない？」

「いえ、私、もともと煙草は吸わないですから」

三津井さんは薄く笑った。

「違うよ、煙草じゃない。仕事。辞めたくならない？　さっきのチーフ、怖かったよね」

「え、いえ」

目が泳いだかもしれない。辞めるとか、辞めたいとか、考えたことはなかった。それなのに、訊かれると心許ない。

「津川さんは優等生だからなあ。だいたい、大卒で、英語もぺらぺらなんでしょ。どうしてこんな靴屋にいるのよ。……まあいいや、とにかく私はときどき辞めたくなっちゃうの。お休みが少ないわりに、お給料よくないし。いつまでたっても怒られるし。最近は店長とチーフの雰囲気おかしいし」

「でも、三津井さん、靴がすごく好きなように見えます」

「そりゃ靴は好きよ。ここの店の靴が好きで、その一心で働いてるんだもの。だけど、たとえば今この店にある靴をどれでも好きなの五足くれるって言われたら、あたし、考えちゃうな」

辞めることを、だろう。不意に、おっとりと笑う我孫子さんの顔が浮かぶ。靴が好きだから働く。靴が好きだからこそ辞めてしまう。そこには薄紙一枚ほどの差しかない。三津井さんは我孫子さんの事件のときに、紙の破れやすさをリアルに感じて揺れたに違いない。

「五足じゃいくらなんでも少ないか。そうね、十足かな。十足くれるんなら辞めてもいいかな」

三津井さんは悪びれずに笑った。この人は靴十足分の動機で働いている。靴十足。それはそのままぴょんと飛び込んできて、私の胸で宙返りした。一年分のごはんを保証してくれるところで働きたいという人なら、めずらしくもないだろう。五年分、十年分の糧《かて》で、あるいは二十年分のベッドで、働く人ならたくさんいる。

「靴十足のために、って素敵だと思います」

私が言うと、三津井さんは口から細く煙を吐いた。

「いやー、ほめられるようなことでもないと思うんだけど」

訊かれませんように、と私はそっと目を逸らす。津川さんは何のために？　何のために働くの？　私が教えてほしい。この人の靴十足に代わるようなものを私は何も描けない。

三津井さんは訊かなかった。

「実際は、このお給料じゃ、いつになったら靴一足ぽんと買えるのかと思うよ」

そう言うと、携帯用の灰皿で煙草をもみ消し、じゃあね、お疲れ、と出ていってしまった。


叔母はようやく寝返りを打てるようになったばかりの息子を連れて、水曜のお昼過ぎに私のアパートへやってきた。

「平日の昼間に相手してくれるのなんて麻子ちゃんくらいなんだもん」

屈託なく笑って、部屋へ上がるなり大きなバッグからタオルを取り出す。それを畳の上に手際よく敷き、よっこらしょ、と息子を下ろした。

そう言われてみれば、そうだろう。靴屋で働くようになり、会社勤めの友人たちとは休みが合わなくなった。安藤くんと疎遠になった理由のひとつには、それもあったと思う。店の定休日は月曜だ。あとはよほどの用事がない限り、平日に交代して休む。でも、休みの問題じゃないはずだ。安藤くんのことも、目の前にいる叔母も。ほんとうは、叔母は偵察にやってきた。いつでも帰れるからといっていつも帰らない私の様子を、たぶん家族に代わって見にきたのだ。そう思うと少し申し訳ない。叔母にも、家族にも、不孝をしている。

バッグからはポリ袋や紙おむつやお尻拭きやらがどんどん出てきた。いつもこんなに持ち歩いているのだろうかと感心して見ていると、赤ん坊のズボンを脱がせ、両足首をひょいと持ち上げ、おむつを外した。私はお茶をいれに立つ。戻ってくると、ちょうど叔母はくるくると小さく丸めたおむつを袋に入れ、バッグにしまうところだった。それから思い出したようにバッグの中からお土産のクッキーを取り出した。

「あ、だいじょうぶだいじょうぶ」

叔母は言った。

「汚れ物の入るところとは仕切りが別だから。クッキーはきれいよ、うん、だいじょうぶ」

そう言って、クッキーの包みに鼻を近づけ、くんくんと匂いをかいでから、もう一度自信たっぷりに、だいじょうぶ、と言った。

それから私が出したお茶を飲み、はああ、とため息をつく。

「人にいれてもらったお茶ってほんとおいしいねえ」

そう言うと、手を添えて小振りの湯呑みをしげしげと見、

「これ、お店の」

と訊く。お店と言われて一瞬靴屋を思ってしまった。マルツ商会のことだ。

「うん。昔、店で見て気に入って、誕生日にもらった」

「これが誕生日のプレゼントか。まったく、麻子ちゃんは子供の頃から渋かったよねえ。でも、こういういい器で飲むと、お茶も倍くらいおいしく感じるよ」

「倍くらいって……どうやって測るの」

「ああ、そういうところ、里子ちゃんにそっくりね。倍くらいおいしいって言ったら、倍くらいなのよ、そんなの測らなくたってわかるの、ぴんとくるの、ぴんと。ねー」

最後のねーは、息子に向かって笑いかけた。息子のほうは笑うどころではない。真っ赤な顔をして必死だ。畳の上で寝返りを打ち、腹這いになったはいいがその体勢から身動きが取れない。ひんひん言いながら手足をばたつかせていたけれど、ついに、へにゃあと泣き声を上げた。

「高齢出産だなんて散々脅かされたけどね、実際に産んでみると、高齢でよかったってつく

づく思うのよ」

息子を抱き起こしながら叔母が言う。

「どうして」

「だって、やりたいことやり尽くしてからの子だもん。育児に向かう余裕が違うわ。まあね、伊達《だて》に年取ってないってことよ」

そう言って叔母は目を細める。腕の中の息子は性懲りもなくまた畳に下ろしてほしがっている。

「それでも、こうやってお茶をいれてもらって、可愛い姪の顔を見てゆっくり話せるような日は滅多になくなるけどね」

春木さんのことが頭に浮かんだ。あの人も、やりたいことをやれただろうか。

若いうちに子供を産んで育ててしまえば、年を取ってからの負担が少ないと聞く。でも、もしも今、出産と育児がこの身に降りかかってきたとしたら、どうだろう。まるで想像がつかない。春木さんに選択肢はなかったんだろうか——。もちろん、あった。何本もの紐の中から選んで引っ張った、その一本が彼女にとっては出産だった。紐の先に付いているのは当たりくじだ、と信じて。当たりだと信じられることこそがしあわせなのかもしれない。

「おばさん、赤ちゃん産んで当たりだったんだよね」

叔母はただ笑って、再びタオルに息子を寝かせ、こちらを向いた。

「で、どうなの、麻子ちゃんは」

「あ、ああ」

私は曖昧な言葉を狭い部屋にさまよわせる。私の当たりって、なんだろう。

「子供を産むなんて、今は全然考えられない」

「うん」

「結婚も、ない」

今は、と付け加えるべきだろうか。ほんとうは、結婚も出産も何光年も彼方のできごとのような気がしている。

誰かを好きになったり好かれたりするとき、私は特に不器用になる。据わりの悪い招き猫のように、不安定な姿勢で固まってしまう。愛したいのにいつもどこかがさめていて、それを隠したくてやさしいふりをしたり、はしゃいでみせたりもした。うまくいくはずがない。誰かに夢中になるなんて、きっともうないんだろう。

「麻子ちゃんのことだから、仕事が落ち着いたら、とか考えてるんでしょう」

答えられずに私は叔母の手の中の湯呑みを見る。仕事は、今の私のほとんどすべてだ。靴で頭がいっぱいで、ほかにどうすることもできない。それが私にとって当たりなのかどうかわからなくても。

「わかるよ、仕事がおもしろくなってきたんだね」

一瞬だけ迷った。叔母に話したところでどうなるわけでもない。だからこそ、話してしまいたくなったのかもしれない。

「あのさ、自分のところの商品を愛せない店員って、どう思う」

「商品って、靴のこと?」

私がうなずくと、叔母はいったんタオルの上の息子に目を落とした。

「靴を愛せなくて、悩んでるの、もしかして」

やっぱり話さなければよかったという気がしはじめていた。

「靴より人でしょ。靴を愛するより、人を愛することを考えなさいよ」

そう笑い飛ばすかに見えた叔母が、急にまじめな顔になった。

「——それは、とっても麻子ちゃんらしい悩みかもしれないね」

叔母は息子の背をゆっくりさすりながら言った。

「麻子ちゃんはさ、」

「待って。いい。なんにも言わないで」

叔母の言葉をさえぎった。何かを深く愛せない孤独は、叔母にはわからないだろう。愛せないとあきらめながら子を産むことなどできるわけがないのだから。

　靴を愛する秘訣のようなものを叔母から聞けるとも思わないし、愛する必要はないと言い切られてしまうのも嫌だった。ましてや、私は靴屋になるつもりではないのだ。次は、小麦を輸入しているかもしれない。綿かもしれない。海老を輸入する部署に配属されて、果たして私はブラックタイガーを愛せないと悩むだろうか。

「いいよ。なんにも言わない」

　叔母は言った。

「全然違う話なら、してもいいかな」

「え、うん」

　息子は静かな寝息を立てはじめている。叔母は声をひそめて話し出した。

「自分のところで売ってる商品を愛しすぎて、身動きが取れなくなっちゃった人がいたのよ」

「違う話じゃないじゃん」

「あ、そうかな。まあいいでしょ、聞いてよ」

「うん」

「自分が扱う商品をいいと思えなかったらつらいと思う。でも、入れ込みすぎると大変なことになるの」

なんとなく、なんとなく、雲行きがあやしかった。かねがねあやしんできた匂いがした。

「おばさん、それ、一般論?」

叔母は少しの間、考えているようだった。それから低い声で言った。

「違う。全然、一般論じゃない。麻子ちゃんは気をつけたほうがいい、っていう話。あたしは心配なのよ、愛せないって悩んでるくらいで麻子ちゃんにはちょうどいいの」

「それ、もしかして、お父さんのこと? お父さんが絡んでる?」

叔母は首を振る。ほっとした。

「じゃあ、おじいちゃんのこと?」

「……うん。男と女は脳のつくりが違うっていうからね、だいじょうぶだとは思うけど。物に入れ込んじゃうのはたいてい男だそうだから」

「おじいちゃんって人、物に入れ込んで、それでどうなったの」

「どうもならなかったよ」

「嘘」

「嘘じゃない。どうにもならなくなって、なくなった」

「なくなった?」

ど、どど、どどどどど、ずっと黙ってこらえていた記憶が、一斉に主張しようとして雪崩を起こす。目眩が去るのを待って、私は訊いた。

「あの、蔵」

うなずきかけてから、叔母ははっとした顔になった。

「蔵って、麻子ちゃん、覚えてるの?」

夢の中にいるような、おぼつかない気持ちでうなずいた。薄暗い穴倉から、明るい空を見上げている。私の最初の記憶だ。

「あれは……、なんだったの」

そうだ、愼が、昔、蔵があったと、宝の山のような蔵があったと話していた。愼も、叔母も、父や母や祖母も、よく知っていて隠していた場所だ。

「その蔵が、おじいちゃんの骨董の蔵だったんだね」

話しながら私は、頭蓋の内側の幕にぴかっと瞬くように何枚かの映像が焼きつけられるのを見た。おじいちゃんのやさしい目、その向こうに晴れ渡った青い空、山樝子《さんざし》の白い花。蔵の中は暗くて、おじいちゃんにだっこされて入ったはずが、何も見えなかった。ひとりでそこで遊んでいたのだろう。まだ歩けもしない頃だ。蔵はたぶん土間だった。土臭さと骨董の黴《かび》っぽさを幼い鼻がかいでいた。私はおじいちゃんになついており、きっと、おじいちゃんがそばにいれば暗くても怖くはなかったのだと思う。やがて戸が開けられる。差し込む光がまぶしかった。私は父の手で蔵からひとり救い出された。母か、祖母か、誰か女の人の泣く声が耳許でして、そこでぱたりと記憶は途切れていた。

「家のそばにあったんだね。あれは、庭？　庭に建てられていたの？」

山樝子は今も咲く。五月の花だ。七月生まれの私は、まだ生後十か月ほどだったことになる。

「そう。あの後、すぐに取り壊されたの」

「おじいちゃんのことは、取り壊したり、隠したりされてきたんだね。私は何も聞かされてこなかった」

叔母は困ったような顔になった。

「あなたのお父さんは、あなたたちをなんとしてでも守りたかったんだと思う。おじいさんが家の蔵でなくなったことを知ったらショックだろうし、まして、あなたはその場にいたんだし。それから、たぶん、お父さんはあなたたちがおじいさんの血を引いていることをとても気にしていたと思う」

自殺した人の血、と言えば私たちが身震いするとでも思ったのだろうか。空恐ろしいような記憶を引き継ぐことに怯えるだろうと。

「だからお父さんは唐津を置かないんだ」

「え」

「おじいちゃんは唐津で失敗したんだね」

「麻子ちゃん……？」

確信に近い閃《ひらめ》きがあった。祖父は唐津に入れ込んで、何か大きな間違いをした。残された者たちは蔵を壊し、物に深入りした祖父を戒めとした。

「お父さんは明らかに唐津が好きなのに、数えるほどしか扱わなかったの。家計のためかと勝手に思ってたけど、違ったんだ」

父の趣味と実益とのバランスは計算されたものだった。熱く見えるときでも、どこかがいつも冷めていた。今思えば、の話だ。私は何も気づかなかった。店の商品を手に、私たち姉妹を並べて熱心に話してくれるときの父が大好きだった。

「いちばん濃く血を引いてるのはお父さんなんだもの、身の破滅を招かないよう怖れてたのはお父さんだったろうね」

叔母は黙って私の言葉が切れるのを待ち、静かに口を開いた。

「こんな話、ほんとうはあたしがすべきじゃなかった。ごめんなさい。あたしは泰郎さんの肩を持ちたいけど、本人じゃないから役者不足よね。はっきりしてるのは、麻子ちゃんももう大人なんだから、たまには家に帰ってちゃんと自分で話したほうがいいってこと」

「そうだね」と私は言った。

「いつか、そうする」

いつか、またあの家でそんな話をするときが来るだろうか。想像ができない。今はまだそちらに関わっているときではない。私は靴を、なんとかしたかった。自分のものにしてしまいたかった。祖父の話は聞かなかったことにしようと思う。少なくとも私は、血を怖れる必要はない。それほどまでに何かを愛す才能を持っていないのだから。

それから私たちはお茶を飲み飲み、相変わらず海外出張が多い叔父の話や、赤ん坊がたったの五か月で体重を倍に増やしたことなどを話した。

「あたしのおっぱいだけで、この子の身体じゅうの細胞が倍になったってことよ、すごいと思わない？」

叔母はうっとりと息子を見た。倍じゃないだろうと思う。体重が二倍だからって細胞も二倍というわけではないだろう。そう思ったけど、私は何も言わなかった。靴の話も、祖父の話ももう出なかった。

翌朝は遅番だった。出社すると、事務所が慌ただしかった。ドアの前を素通りし、更衣室で一緒になった三津井さんに何かあったのかと訊くと、彼女も首を傾げた。

「値札を間違えて付けたらしいのよ、ほら、冬の新商品、今日からの予定だったでしょう」

そう言って、つんとした鼻にちょっと皺を寄せた。

「やんなっちゃうわね、そういうこと、きちんとしておいてもらわないと」

「え、と」

私は訊いた。

「きちんと、って、どこが、誰が、すべきところなんですか」

素朴な疑問だった。単に値札を間違えたのか、価格表を取り違えたのか、最初から価格表が間違っていたのか。責任は誰にあるのか。

「それはわからないけど」と三津井さんは言った。

「少なくとも私たちの仕事じゃないよね」

「そうですね」

「相当まずいと思うな。冬物入荷って葉書、出しちゃったでしょ。今日には冬物目当てのお客様が見えるかもしれない。なんだか間に合いそうもないって話よ」

「そんなにたくさん間違ってたんですか」

三津井さんがうなずく。

「全部入れ替わってたらしいのよ。なんでこんなことになったのかわからないって、店長とチーフが話してた」

「それで、付け替えるんですね、これから」

「そうだと思う。でも、一覧表がなくなってるんだって。おかしいと思わない？　型番で問い合わせるしかないみたいよ」

三津井さんは両肩をすくめてみせた。

「問い合わせるって、どこにですか」

「たぶん、輸入代理店。あ、津川さん、代理店さんから来たんだったね」

輸入貿易会社がここでは代理店と呼ばれていた。

「じゃあ、帰ったら、言っておいてね。けっこういい加減なこと多いのよ、うちが発注したのと違う商品が届いたり」

帰ったら、という言葉は聞き流すことにした。私の帰る場所は向こう側なのかと後頭部を軽く叩かれたような気がしたのだけれど。

「あの、商品の発注は、この店の権限なんですか」

三津井さんは興味なさげにうなずいた。

「一応、そういうことになってる。発注のためのミーティングもあるし、私たちも意見を訊かれるし。型番で頼んだものはちゃんと仕入れてもらえる。でも、結局は代理店の意向が大きいのよ。代理店の会議には店長も参加するけど、実際に現地に買い付けに行くのは代理店の人だけなんだから」

そうですか、とうなずいていると、三津井さんは慌ただしく残りの煙草を吸い、また足早に出ていこうとして、振り返った。

「まあそういうわけで今日はばたばたしてるのよ、早く着替えて手伝って」

手伝う、という言葉も聞き流そうと思う。気が滅入るようなことは聞き流す癖がついた。私のしていることは仕事ではなくて、手伝いなんだろうか。入社して一年あまりも経った今、まだそんなふうにしかカウントされていないんだろうか。聞き流すことに失敗すると、やはりちょっと気が滅入る。

着替えて出ていくとすぐに、店長に呼ばれた。

「津川さん、今日は店のほうはいいから、ちょっと」

やっぱり、と思う。店員として一人前じゃないから店より事務所に引っ張られる。おまけに私は代理店側に籍があるのだ。もしこれから代理店と面倒なやりとりを行わなければならないとしたら、矢面に立たされてもしかたがないかもしれない。

招き入れられた事務所には新しい靴が山積みだった。苦労して開梱し、状態を確かめ、手入れをし、値札を付け、昨日の閉店後に店頭に並べたものばかりだ。

「ちょっとね、間違いがあって、値段が入れ替わってたの。これからファクスで価格表が来るから、型番を見て付け替えるのを手伝ってくれるかしら」

「はい、わかりました」

何十足もの靴を見渡していて気がついた。

「価格自体はわかっているんですよね。どれがどの靴の値段なのかが、わからなくなってしまったということですね」

店長は慎重だった。

「そうだけど、あんまり深く考えないでね。よくあることなのよ、こういうことって」

私は黙ってうなずいた。よくあることだとは全然思わない。店長は、店の中の誰かが故意に仕組んだことではないかと勘ぐらないよう釘を刺したのだ。

値札を付けるといっても、それぞれの靴の前に黒いプラスティックの小さな板を置くだけだ。板には金文字で価格が書かれている。数字の部分は塡め込みで、並べ替えられるようになっていた。この手作業での並べ替えが少し面倒なだけで、その値札がすでにできているのなら、後は簡単だと思った。私は一足ずつ、靴の前に値札を置いていった。吉井さんは怪訝な顔で見ていたが、店長は事務所を出たり入ったりしてファクスを待っていた。

「どのタイミングで店に出せばいいでしょうね、値札を無事に付け替え終わったとして」

吉井さんが訊いても、店長はいらいらした様子でろくに答えるふうもない。

「落ち着いてください」と吉井さんが言った。

「ファクスさえ来れば、無事に終わるんですから」

店長がきっと顔を上げた。

「どうしてファクスで送ってもらわなきゃならなかったのかしら」

「それは、価格表がなくなっていたから――」

「だからどうして紛失したのかしら、って言っているの」

吉井さんが顎を引く。

「私に訊かれても」

「じゃあ誰に訊けばいいと思う？」

つまり、店長は吉井さんを疑っているのだ。靴に値札を付けながら私は、押し殺してもどうしても大きくなってゆく声のやりとりを背中で聞いていた。

「どういう意味でしょうか」

吉井さんも一歩も引かなかった。

「価格表の管理は特別に私だけが任されていたわけじゃありません。ファイルに挟んでその棚にあったんです。見ようと思えば誰でも見ることができました。持ち出すことだって簡単にできたはずです」

「何のために」

「さあ」

アシカだかアザラシだかが思いっ切り不満を表すときの鳴き声を、いつだったか水族館のショーで聞いた。さあ、と言った吉井さんの低い声は、そのときの声に似ていた。

私は値札を付け終わっていた。まず靴を見て、値段を読む。値札の中から、想定した値段に最も近いものを探す。するとそれぞれにほとんどずれのない数字の書かれた値札が見つかる。面白いほどだった。後はファクスで確認すればいい。そう思って立ち上がったとき、ファクスが流れはじめた。

「ファクス、来ました！」

「一度ゆっくり話しあいましょう」

「何も話すことはありません」

私は緊迫したふたりを見ないようにし、送られてきた価格表と実際の値札と靴を突きあわせることに集中した。揉めている場合じゃない。誰かが読み上げてくれれば早いのに、と思った。

値札は予想通りだった。すべて合っていた。おかげで早く終わったのだ。

「終わりました」と振り向いたとき、吉井さんはもう事務所にいなかった。店長が驚いたように顔を上げた。

「ずいぶん早かったわね」

そうして机の前からこちらへまわり込んできて、私をまっすぐに見た。

「価格表を見て値札を付けたんじゃないわね。あなたは最初から値段を知っていた。そうでしょう」

まずかった、というのが率直な思いだった。疑われてもしかたがない。新しい価格表が届く前に、わからなくなってしまったはずの値札と商品を正しく組み合わせたのだ。誰が価格表をなくしたのか、値札がどうして入れ替えられていたのか、店じゅうが疑心暗鬼になっているときに。

「はい」

「……どういうこと？　あなたが絡んでいるとは思わなかった」

「私はどこにも絡んでいません。靴の値段は、ただわかるんです。でも価格表でちゃんと確認しておきました」

店長はしばらく黙って私の顔を見ていたけれど、やがて表情をゆるめた。上がっていた肩がゆっくりと落ちた。

「どうしたものかしら」

それから、私を見たまま微笑んだ。

「私もね、わかるのよ、値段。おおよそなんだけどね。そりゃあ二十年もこの仕事をしているわけだし、発注するときに現地価格を見てるんだし。でも、あなたはどうして」

「どうしてだか、自分でもよくわからないんです」

店長はまだ私をじっと見ている。何か言わなくちゃいけないと思った。でも、言うべきことが見つからない。

「値段がわかるということが、どういうことだか、わかるかしら」

私は黙って首を振る。ほんとうは、わかっている。値踏みできるということは、少なくとも靴に惚れてはいないということだ。店長は笑って私の肩を叩いた。

「ものを見る目が養われているということなんだから、ほら、もっと自信を持ちなさい」

そうしてゆるやかに両腕を組む。

「たしかに、あなたは人一倍熱心だった。ものすごい勢いで仕事を吸収してくれた。だけど、値段がわかるようになるにはまだまだかかるはずなの。もし秘訣があるのなら、教えてほしいくらいよ」

「いえ、そんな、全然」

私は口ごもった。靴を愛していないからです、と口走りそうになってしまった。入社して以来、ほめられることなど一度もなかった。謙遜するよりほかにどんな態度を取ればいいのか見当もつかない。

「それはともかく――」

店長の視線が値札を付け終えた靴へ注がれた。

「これを片づけてしまわないと」

「はい」

吉井さんの姿が見えない。でも、今はこっちを片づけてからだ。壁の時計を振り返った店長が言った。

「売り場を見てきてくれるかしら。お昼前だし、今ならお客様も少ないと思うわ。今のうちに運べるかもしれない」

「はい」

そこからは早かった。接客中だった中村さんを売り場に残し、他のスタッフ全員で靴を運んだ。もともと一度は店頭に並べてあったものを今朝になって慌ただしく撤収したのだ。スペースはじゅうぶんにあった。ブランドごとに区分けされた棚にそれらを置いてしまうと、なんとか形は整った。――整いすぎてしまった違和感だけがひんやりと漂っていた。

「ありがとう、みんな。無事に済みました」

店長は事務所に戻ったスタッフ全員に声をかけ、最後に私に向かって微笑んだ。私は微笑み返さなかった。代わりに、意を決して口を開いた。

「並べ方を変えてみてはどうかと思うんです」

店長は微笑を仕舞った。

「どの棚の」

「全部です」

中村さんも、三津井さんも、それに今日出勤している蓮田さん、平野さん、小宮山さん、それぞれが息をひそめるように私たちのやりとりを見ている。

「それは、あなたの個人的な意見？」

「はい」

はい、と言いながら、自分の言っていることが信じられない。違和感を持ちつつもやり過ごせないほどではなかった。自信を持っていいと店長に言われたことがこんなふうに作用しているのだとしたら、私はとんだお調子者だ。

「それなら、ミーティングのときに聞きましょう。次回はいつだっけ」

チーフはいなかった。店長は左手の人差し指で左側のこめかみをとんとんと叩いた。

「来週の木曜ね。ディスプレイの案があるならそれまでにまとめておいて」

「はい」

スペースの空いた棚や台を見ていて、不意に思いついたのだ。案といえるほどの案ではなかった。ただ、今のように靴がブランドごとに整然と分けられてしまっているのは得策ではないとずっと思ってはいた。ここはショールームではない。店長や、スタッフたちの意向がディスプレイにもう少し反映されていてもいいのではないか。

とはいえ、キャリアもなく、まだまだ裏方仕事の多い私がディスプレイに口を出すなんて厚かましいとも思う。自信など持ちようもない。案をどうまとめればいいのか、すでに気弱になりながら持ち場に戻ると、三津井さんが近づいてきてささやいた。

「よく言った」

「はい？」

「ディスプレイ変えたいって、絶対、みんな思ってた」

それだけ言って親指を立てると、また、すっと離れていった。

頭にあるのは、大きな川の流れる小さな町の骨董屋だった。決して広くはないスペースにたくさんの品物が並んでいるのに、そのどれもが居場所を持っている。ひとつとして間違った場所に置かれていないのがわかる。皿は皿で、椀は椀で、だいたいひとところに固められてはいるものの、年代による棲み分けもゆるやかにできており、店の中を歩くお客の空想するドラマが分断されることがない。それが、父のさめた計算によるものだとはいまだに思えない。入れ込みすぎないことを自らに課して骨董屋を経営してきたにしては、あの店には眺めて歩くよろこびが詰まっていた。

木曜まで、ディスプレイのことばかり考えた。結論はひとつだった。怖がらないこと。それは、マルツ商会の店内を頭の中で何度も何度も歩きまわって得た感触だった。父は怖がっていない。店に好きなものだけを並べることも、それを突き詰めていくことも。怖がっていたら、あの店はできない。そう思い至ったときに、靴のディスプレイが浮かんだ。

木曜のミーティングで、私は説明した。決まったブランドだけが好きなお客のために、従来のコーナーは残す。でも、まんなかの一番目立つ広い台には、好きな靴を集め、好きなように置く。そこを怖がらないこと。

「好きなように、っていうのが曖昧なのよ。好きか嫌いかなんて、個人の趣味の問題でしょう。好きなようにというのは全然具体的じゃないわ」

案の定、店長は冷ややかだった。どう話せば伝わるのかわからない。私は必死に言葉を探した。

「あのまんなかの台は、今まで無難にまとめられすぎていました。いちばん売りたい商品を、ということでしたが、誰がいちばん売りたいのかがはっきりしていなかったと思います。季節の靴、流行の靴が適当に置かれているだけで、誰にとっても適当なコーナーになってしまっていました。ですから、誰かひとりが責任を持つんです。自分のいちばん売りたい靴を、好きなように並べる。面白いコーナーになると思います」

「面白いじゃ済まないのよ、津川さん」

済まないと言われればひとこともない。

「店長」

静かな声は中村さんだった。

「津川さんの案に賛成です。好きな靴を好きなように置けたら本望です」

「もともとこの店の靴はどれもいい靴ばかりなんです。失敗のしようがないんじゃないでしょうか」

思いがけず援護の声が上がる。それならやってごらんなさい、と店長が言うまでに二分とかからなかった。

「ただし、津川さん、あなたが責任を持って。あなたがいちばん売りたい靴を、好きなように並べる、ということよ」

店長は薄く笑った。

「好きなように、というのがどれだけむずかしいか、わかるかもしれないから」

ありがとうございます、と私は言った。

好きなように。怖がらないで。

靴屋の隅っこでいつもうつむくようにして立っていた私には、天啓のような呪文だった。いちばん好きな靴をまんなかに持ってくる。隣には、それを引き立てる靴ではなく、やはり主張のある靴を置く。強い磁場が生まれれば、お客は自然とそこへ惹きつけられる。どの靴がどの靴を引き立てるか、どの靴からどの靴へ目移りするか、物語はお客の頭の中にある。私はただ、たくさんの靴の中から、ぜひとも目を留めてほしい、魅力の大きい靴を選んで並べるだけだ。

並べ方は靴のほうから知らせてくれた。一足を置くと、次の一足が場所を教える。夢中で靴を並べていった。母の活け花はこんな感じだったのかもしれないと思う。そこしかない、という置き場所がどんどん見えてくる。正面の台に二十足あまりを並べ終え、私は全体を見渡した。いい、これでいい、という満足感と、ほんの一振りの塩が足りなかったスープのような物足りなさが残った。強烈な存在感を放つ靴たちを引き締める、対照になるようなものが必要だった。

しばらく考えて、私は思いついた。あのペンダントを置こう。

自分でも突飛だと思う。どうしてペンダントなのかわからなかった。慎が、日本から、津川の家から、私から、離れるときに残したペンダントトップ。一度も身につけることがなかった。苦くて、包みを開くことすらなかった。一振りの塩というのはあながち比喩でもなかったのだ。あのペンダントを思い出すと舌が勝手に塩《しょ》っぱさを感知した。

どうして今、それを思い出したのか。直観といってしまうのがいちばん近い。けれどなんとなく理由も見えていた。今の私が選んだ靴と、それを支える私の証のようなもの。双方が双方を引き立てあう。もしかすると、互いの存在を打ち消しあって、台の上をごちゃごちゃに見せてしまう可能性だってあるけれど。それは置いてみなければわからない。逆にいうと、置けばわかる、ということでもあった。不思議なくらい不安がなかった。

翌朝、いつものように一番に店を開けた。胸はずっと高鳴っている。昨夜並べた靴の隣に、ペンダントを置く。想像したより目立たない。これでいいだろうか、と自分に訊いてみる。これでいい。たしかに場が引き締まったのを感じた。誰も気づかなくていい。靴とペンダント。完成したディスプレイに、働き出して初めての達成感があった。

出勤してきた同僚たちは目を輝かせ、店長までもが大きくうなずいた。お客の評判も上々で、まんなかの台から靴が次々に売れていく。信じられないような成果だった。私は晴れがましい気分で胸を張って売り場に立っていた。

それが、夕方には萎《しぼ》んでいた。気持ちの昂揚は跡形もない。どこかに小さく空いた穴から空気がしゅうしゅう漏れるような音を久しぶりに聞いてしまった。どうしてこんなに面倒な気質なんだろうと自分でも思う。これまでの私のぱっとしない仕事ぶりから見れば、今朝のディスプレイは明らかな快挙だ。同僚たちも、店長も、お客だってよろこんでくれた。それなのに、もう空気が漏れている。つかみかけた達成感が指の隙間からするりと逃げる。逃したくないというよりも、すぐに逃げていくようなものだと信じたくない気持ちのほうが強かった。達成感がゴールでないなら、何を目指せばいいんだろう。次の達成感を得るために、さらにまた次の達成感のために、仕事をする間ずっと追いかけていかなければならないものなんだろうか。

しかたがないなんて簡単に言うもんじゃありません。祖母によくたしなめられたのを思い出す。でも、しかたがない。達成感を求めて走り続けるなんて、私にはすごくむずかしい。しかたがないから、仕事の帰りに寄り道をして、気に入っている紅茶の葉を買った。ヴィクトル・エリセを借りた。アパートの部屋で、お風呂の後に葉書を書いた。

翌日は、売れた分の靴を補充して、やっぱりそのディスプレイは素晴らしいわとほめられた。笑顔を返し、私はぼんやり考える。次はどんな形の達成感が欲しいだろうか。春木さんがふらりと買い物にやってこないかと期待したけれど、そううまく現れてくれるはずもない。お昼休みに葉書をポストに出しに行った。

冬物の売れ行きは好調だった。売れては補充し、また売れて補充し、ほんのわずかでも私のディスプレイがそこに貢献しているのだと思えば、やはりうれしかった。達成感などと大それたものを求めず、毎日の小さなやり甲斐を見つけられるなら、仕事というのはきちんと続けていけそうな気がする。空気が漏れていっても気にならなくなるかもしれない。そんな気持ちになりかけていた。しかたがない、から半歩だけ踏み出したような気がしていた。

おいしいお茶や映画が効いたのかとも思う。好きなものは気持ちを温めてくれるから。だけど、たった半歩でも前に進む勇気を持てたのは、たぶん葉書のせいだ。靴屋にいます、と書いた。一度、見に来てください。いくら頭を捻っても、それ以上書くことを思いつけなかった。

自分の仕事を見てほしい、感想を言ってもらいたい相手がいるとすれば、七葉だけだった。もう長いこと、心の通わない妹。顔を合わせても当たり障りのない話をしてさらりと笑うだけの妹。相変わらず仲のいい姉妹ね、と人は言う。仲がいいとか悪いとか、昔はそんな間柄じゃなかったはずだ。

私は七葉を取り戻したかった。お姉ちゃん、と呼びかけるときの黒い瞳が忘れられない。

ひとりのアパートで、深夜、妹の携帯の番号を押してしまいそうになることもあった。でも、それを頑なに拒んでいるのも私自身だった。七葉とこのまま隔たっているのは悲しいけれど、溝を埋めることなどとてもできそうにない。溝のあちらとこちらで何年も揺れてきた。

今になって葉書を書いたのは、しゅうしゅうと音がしていたからだ。家から離れても、仕事をしていても、少しずつ空気が漏れていくなら、ぺしゃんこになってしまう前にもう一度七葉に話しかけたかった。

七葉から返信はなかった。しかたがないなんて簡単に言うもんじゃありません。だけどやっぱり、しかたがないこともある。

めずらしく店の混んだ日だった。午後まだ早い時間に、七葉はひとりでやってきた。扉を開けて入ってきた七葉のまわりで秋の木洩れ日が揺れていた。七葉だ、ほんとうに来てくれたんだ。そこだけぱっと店が明るくなったようだった。

ちょうど私は大事なお客の試着を手伝っているところで、手を離すことができなかった。フロアに片膝をついたままの姿勢で小さく手を振ると、七葉は私に気がついて外向きのきれいな笑顔を返してきた。胸がどきどきした。

七葉は変わった。どこがどうとは言えないけれど、ひと目見ただけで私にはそれがわかった。可憐な人形を思わせた顔立ちから頑なさが消え、表情のどこかに弾むような息吹が感じられた。七葉はきっと何かを乗り越えてきた。そうでなければ今日ここへ来てくれることもなかっただろう。

私がお客の靴をチェックしている間、七葉はゆっくりと店内を見てまわっていた。お客のふくらはぎの後ろから、私は妹の姿を追った。やがて正面のディスプレイのところまで来たとき、七葉の顔になんともいえない笑顔が広がるのを見た。大人になり、華やかな化粧をするようになった七葉が、その瞬間、少女に返ったようにあどけなく見えた。胸の底が熱くなった。私にはそれでじゅうぶんだった。達成感なんてものが音を立てて踏みつぶされる。七葉があんな顔を見せてくれることが、一番の報酬だ。あのディスプレイは成功だったのだ。

七葉はいくつかの靴を手に取り、応対に出た中村さんとしばらく話しているようだったけれど、残念ながら私の手はなかなか空かなかった。離れた場所から、ごめん、と声を出さずに言った私の唇を読み、七葉は、いいよまた来る、と唇を動かした。こんな親密さはもう何年も感じたことがない。胸にあたたかいものがあふれる。やがて七葉は優雅な足取りで表通りへ出ていった。扉が閉まる寸前に、ふっとこちらを振り返り、片方の手を上げてみせた七葉との間に越せない溝は見えなかった。私たちはマルツ商会の娘だ。七葉はあのディスプレイに、私たちが大好きだった父の店を感じ取ったのだと思う。

No.4

数字が間違っている、と主任の若松さんに報告書を突き返されたのは月曜の夕方だった。

「津川、やる気あるのかよ」

今もアメフトの社会人チームでディフェンスの要として体を張る若松さんは、体躯も地声も大きい。

「数字が肝《きも》なんだよ。数字を間違えれば、それでおしまい。それだけで信用を失うんだ。よく見てみろよ、ここは合計数なんだから単純に足し算すればいいんだろ。小学生の算数だよ。気が抜けてんじゃないのか」

すみませんでした、と頭を下げる。席に戻り、先週残業して書いた報告書とファイルの数字をよくよく見比べると、たしかに数字が合わない。計算ミスではなく、古いデータを使ってしまったのが原因だった。

単純なミスを、私はよくする。ミスをする上、仕事も遅い。資料や報告書作りにも、ヨーロッパの取引先とのやりとりにも、人一倍時間がかかってしまう。まだ慣れないからと最初は大目に見ていた上司や先輩たちも、そろそろ態度が冷ややかになってきた。そのプレッシャーで、余計に仕事が捗《はかど》らない。

事務作業が苦手だと思ったことなどなかった。勉強もできないわけではなかったし、資料の整理やファイリングも好きだし、特に数字に弱いと感じたこともない。それなのにどうしてここでの仕事はこんなにうまくいかないんだろう。

同期入社のうち、本社にいる十数人はすでに三年目のキャリアに入っている。部署はそれぞれ違うものの、目立って活躍しはじめる人もいた。

「前島って津川の同期だろ。化学品グループで新しく立ち上げるプロジェクトのメンバーに抜擢されたってよ。すげえなあ」

主任はわざわざ私の机に寄ってそんな噂話をしていった。入社三年目にして、ずいぶんな開きだ。がっかりしたような、なさけないような、しかたないような、その全部をぐるぐるかき混ぜたような気分だ。出世したいとは露ほども思っていないけれど、まだ半人前にも見なされない自分が不甲斐ない。

そもそも出だしからして私は人と違っていた。現場で研修を、と外に出されたのは新入社員のうちほんの一握りで、ほとんどの同期は初めから本社内の部署に配属されていた。衣料品のメーカーと工場と小売りをまわる者、製薬会社の研究室に入った者など、系統立てられた現場研修が多く、それも三か月から半年、長くても一年で戻されたという。丸二年も靴屋で販売員をしていたのは私ひとりだった。

机に向かっていると、ときどき靴屋の正面の台が目に浮かんだ。月が変わるたびにディスプレイをつくりなおした台。私が初めて仕事の手応えを得られた舞台でもあった。あの台は今頃どんな具合だろう。そろそろ夏物を並べはじめる頃だろうか。草いきれのような革の匂いや、よく見ると一足ずつに宿っている慎み深い光沢を、なくてはならないもののように思い出してしまう。それらに触れることのできない生活は想像以上に味気がなかった。

自分用のパソコンの前にすわり、画面を見つめてため息をつきたくなるのは毎朝のことだ。お客が遠い。遠すぎて見えない。自分が何を輸入して誰に売るのか、品物の手ざわりもお客の顔も遠いまま、椅子にすわって片づける仕事には実感が伴わない。

数字を間違うのは単なる計算ミスでなく、実感のなさを表しているのだと私は思う。いつまでも戸惑っている場合ではないのだけれど、冷たいビルの中で自分のいるべき場所を見つけられないでいる。

会社を出れば、風はやわらかい。アパートに帰り、部屋の鍵を開けるとき、私は自由だ。音楽をかけ、お湯を沸かす。靴を磨く。お米を研ぐ。本を読む。何をするにも私はひとりで、ちんとした暮らしをまわしていく。自分の爪先のあたりだけを見ていればいい。

それなのに、二年もかけて馴染んできたこの部屋が、ふとした拍子によそよそしい顔を見せる。たとえばお茶を飲んで小さく吐息を漏らす一瞬、急に部屋ががらんと広く感じられる。「おいしい」という言葉をひとりの部屋でつぶやけば、たちまち冷めてしまう。「おいしいね」と分かちあえる人がいて初めて本来のあたたかさを保つことができるのだと思う。

このままここでひとりで暮らすのか、五年後も十年後もひとりでここへ帰るのか、と考える。ときどきはとても自由で、ときどきは部屋の色彩がぼやけて見える感じがする。

私が仕事として選んだのは輸入貿易会社であり、それが賢明な選択であったこともちゃんとわかっている。ひとりで暮らすにはじゅうぶんなお給料が出る。靴とはつかず離れずの距離を保つことができる。もしも私が靴屋の店員として働き続けるなら、コンプレックスのようなものが少しずつ大きくなっていき、最後には重さを支えきれずにつぶれてしまっただろう。私は、靴を愛してはいなかった。店長や同僚たちのように、靴の虜にはなれなかった。世界のどこかに靴よりもっと愛すべきものがあり、今にも私に見つけ出されようと息をひそめて待っている、だなんて信じているのでもない。ものを愛する能力が自分に足りないことを私は知っている。本社に戻されて、心の奥では安堵していたような気もする。

私が扱う商品は靴ばかりではない。二年間働いてきたあの美しい靴屋に卸すような靴は担当のごく一部で、他にも皮革製品を幅広く扱うだけでなく、加工前の革から大量に輸入している。どうやら、扱う商品をすべて愛している暇はなさそうだった。そもそも、ヨーロッパでつくられた品物を、幾度かのやりとりと書類上の手続きを済ませて輸入するのが私たちの仕事だ。港に着いた品物は倉庫に振り分けられ、そこからは流通業者の手に渡る。実際の品物の顔を見る機会さえほとんどない。

土屋部長は歓迎会の席で、隣にすわる私に上機嫌で訓示を垂れた。

「雑食主義であれ」

「はあ」

「若いうちはいろんなものを食べて、いろんな引き出しをつくっておかなきゃならん」

「はあ」

私の曖昧な返事に部長は、わははと笑った。

「なにもほんとに食べるわけじゃない、わかってるとは思うが。どんな仕事でも食わず嫌いはいかん、と言ってるんだ」

そしてその後、宴席のまんなかで周囲をぐるりと見まわし、ひときわ大きな声を上げた。

「津川さんは二年もの間、現場で叩き上げられてきたつわものだ。営業成績は常にトップ、店全体の売り上げも順調に伸ばしてくれた。その力を、わが部でも存分に引き出してもらいたい」

　ほほう、と感嘆とも嘲笑ともつかない声が宴席のあちこちから漏れる。恥ずかしくて顔を上げることもできない。どんな顔をすればいいのだろう。成績トップの営業要員？　ろくに事務もできない入社三年目？　同僚たちの視線を避けたくてうつむいた。テーブルの下で自分の靴だけが浮いて見えた。雑食になんてなれそうもない。


　イタリア出張を命じられたのは、だからあまりにも唐突だった。

「今回の津川さんの任務は、イタリアでの買い付けだ。靴は得意だろう」

　部長は反応を探るように、ん、と私の顔を見た。

「来月早々にヨーロッパをまわる連中がいるから一緒に行くといい。初めての出張だ、連れがあったほうが心強いだろう。心配しなさんな、習うより慣れろだよ」

　そう言って部長は私の肩をぽんと叩いた。前にもこんなことがあったな、と思う。二年前のちょうど今頃、入社したばかりの私に靴屋の現場へ出向する辞令を出したのはこの人だった。

　取引先の会社も担当者も覚え切れていないのに出張してどうなるものかと思うけれど、きっとこれも研修の一部なのだと私は考えた。先輩社員について買い付けの基本から覚えるのだ。心配しても始まらない。ただ、何か、引っかかる気がした。部長の言葉のどこかに穴があって、そこにつまずきそうになる。だけど、初めての海外出張という目の前の一大事に、引っかかりを検証している余裕はなかった。

私の気がかりはとりあえずパスポートの取得に向けられた。なにしろ私は一度も日本を出たことがない。この国の中に知らない場所がたくさんあるというのに、用事もなくわざわざ外国へ出る気持ちがわからなかった。

「じゃあさ、どうして英語なんか勉強してたの」

隣の課の栗本さんがおかしそうに首を傾げる。パスポートを持っていないと私が相談したときだ。わからないことがあれば彼女に訊く。なんとなくそういう気持ちになれる相手だった。私とは正反対に、はきはきと明るく知的な印象がある。

パスポートが社用だと証明するにはどの部署へ行けばいいのかと私は訊いた。彼女は何を訊かれているのかもわからないようだった。

「人事か総務かどこかで証明書に判子をもらうんですよね」

私がまじめな顔で確認するのを見て、ふざけているわけではないのだと驚いたらしい。

「こういう人がいるのねえ」

栗本さんはつくづくといった感じで私の顔を眺めた。パスポートには仕事用とプライベート用の二種類があって、仕事用を申請するには証明書類が必要なのだと私はどういうわけか思い込んでいたのだ。

「そこまで常識なかったら、英語話せたってあんまり意味ないと思うなあ」

そう言って笑う栗本さんは主任で、彼女の同期の中では出世頭だ。私より入社年次で八年上、いつもパンツスタイルで、いい靴を履いている。ショートカットのボーイッシュな人だ。入社年次の八年違いがそのまま八歳違いだとは限らないけれど、私は栗本さんをまぶしく眺めてしまう。八年経ったら私もあんなふうになれるだろうか。それは愼に対して何度も思ったことだった。八年分の経験が足りないから、愼のほんとうの気持ちがわからないんじゃないかとも考えた。あの頃の愼の年齢になった今、私にはやっぱりわからないことだらけだ。

「とにかく、出張までの間に取引先ごとの特徴をしっかり把握しておくこと。予算の割り振りは前任に訊けば参考になると思う。同行者もいることだし、なんとかなるよ。あんまり気負わないようにね。買い付けっていっても、あらかじめ発注しておくもののほうが多いくらいだから」

栗本さんはてきぱきと話し終え、私に質問をした。

「今いちばん先にしなきゃいけないこと、なんだと思う」

「取引先にアポイントを取ることでしょうか」

「うん、よくわかってるじゃない。それから、パスポートの申請。できるだけ早く行ってきたほうがいいよ」

それで私は翌日の昼休みに旅券課の入った丸いビルまで行ったのだった。

戻ってくると、部署の人たちの眼差しがおかしかった。私の顔を見てにやにやしている。いちばん口さがない若松さんが、大声で訊いた。

「ちゃんと社用のパスポート、申請してきたか？」

「もちろん、社用のほうを」

若松さんは満足げにうなずいた。単純な計算ミスは目立つし、パスポートの申請のしかたも知らない、よっぽど間抜けな人間だと思われていることだろう。

夕方になるのを待って、懐かしい職場へ電話を入れた。ハスキーな、でもじゅうぶんに丁寧な発声で店名を告げられる。三津井さんだった。相手が私だとわかると、きゃきゃっと声のトーンが五度ほど上がった。

「今度、靴の買い付けにイタリアへ行くことになったんです」

「ええっ、すごいじゃない！　いい靴いっぱい見られるね」

はしゃいだ声を出した後、店長に代わるよ、とすぐに三津井さんは言った。店長に特に話があるわけではない。ただ、声が聞きたかった。忙しい時間帯は避けたつもりだったけれど、仕事の邪魔をするのは気が引ける。受話器を握って逡巡しているうちに、電話口に店長が出た。張りのある、明るい声だった。

「ついに買い付けに行けるのね」

「え、ええ」

「おめでとう」

なんと返事をしていいのかわからなかった。私より、店長が行ったほうがいいに決まっている。

「どうしたの」

「いえ、おめでとうって言っていただけるほどおめでたい話じゃないような気がして」

「なに言ってるの、イタリアまで買い付けに行けるなんて夢みたいな話じゃない。私だったら飛びついちゃうけど」

「そうだ、店長」

「もうあなたの上司じゃないんだから、名前で呼んでくれていいわ」

店長は電話の向こうで笑った。

「はい、あの、いえ、店長。相談、させてください。買い付けに行く前に、一度時間をつくってもらえませんか」

「そうね、そうすれば、今までみたいにこちらの意向と違う靴を勝手に仕入れられたりしないでしょうし、私の好みももっと反映されるようになるし」

含み笑いをし、店長は声の調子を変えた。

「……津川さん、気持ちはありがたいけど、あなたはもっと自分に自信を持ちなさい。だいじょうぶよ、あなたが見て選んだものを買い付けてくれれば、私たちはそれを全面的に支持する。二年一緒に働いて、私たちはあなたの目を信じてるの」

言葉を返せなかった。異動して、いつも失敗ばかりして縮こまっている私を、この人は知らない。

「それはそれとして、近いうちに食事でもどうかしら。壮行会なんてたいそうなことはできないけど、たまには顔見せに来なさいよ」

ありがとうございます、近いうちに伺います、と言って私は電話を切った。

自分の目を信じなさい。店長の言葉はじわじわと私の身体に染み込んできた。自信を持ちなさい。私たちはあなたを全面的に支持するから。それがどんなにありがたい言葉だったか、電話を切った今になってようやくわかる。パソコンとファイルと書類に囲まれた無機質なオフィスに埋もれそうになっていた私は、久しぶりに深呼吸することを思い出した。

新たな問題に気がついたのは、でもそのすぐ後のことだ。出張の申請書を出すときになって私は同行者が課の上司や先輩でないことを知った。原口仁志（課）、茅野明（員）、繊維課。

「（課）は課長、（員）は役職のない平の課員。原口さんは、一番奥の島の課長席にいる人。茅野は、原口さんのこっち側で、ほら、今立ち上がったやつ」

若松さんが申請書を見ながら、フロアの奥の繊維課を指して教えてくれる。

普通のふたりだった。若松さんが指した先にいたのは、四十代半ばくらいの穏やかそうな原口さんと、二十代後半くらいの、背の高い茅野さん。良くも悪くも特に印象のない普通のふたりだ。

でも、見た目の印象の話じゃない。私が訊きたかったのは、どうしてこの人たちの出張に同行することになったのかということだ。ふたりの顔に見覚えくらいはあるものの、話をしたこともない。私のいる皮革課と彼らの繊維課とでは扱う品も違うし、もちろん訪問先も違う。いくらヨーロッパをまわる予定があるからといって、同行するのは無理があるんじゃないだろうか。

「うちの課、しばらく出張予定もないし、いい機会じゃないか。津川は靴の買い付けにだけ専念していればいいんだからさ」

「あとの日程は、どうしていればいいんですか」

物見遊山を若松さんはものみゆうざんと発音した。

「部長は津川がよろこぶと思ったんだろ、女の子はみんなヨーロッパが好きなもんだと思ってるんだからさ」

栗本さんはもっとそっけなかった。

「茅野くんね、悪い人じゃないんだけど、今ひとつぱっとしないね。つかみどころがないんだよね」

ぱっとするかどうか、つかみどころがあるかどうかを訊きたいのではない。悪い人ではないというのは大事かもしれないけれど、今回の場合に限っては、多少悪くても、仕事ができて、私に必要十分な知識と経験を与えてくれることのほうが重要に思える。

「あのう、海外出張にはよく行かれてるんでしょうか」

「ああ、そうね、行ってるんじゃないかな。入社以来ずっと繊維課だから」

栗本さんは明らかに興味のないことがわかる口調で言った。

「原口さんは、駄目だよ、言っとくけど」

「駄目って」

「あの人、そう遠くないうちに故郷に戻って、県議会だかに打って出るつもりらしいのよ。気持ちはもうそっちに完全にいっちゃってるから、本業のはずの仕事には全然力入ってないね」

それから栗本さんは私の不安げな顔をちらりと見て笑った。

「あのふたりとなら、かえって気楽でいいじゃない。部長みたいなのと一緒だったら、最初からびゅんびゅん飛ばして、疲れちゃうよ。そのくせ自分じゃなんにもしないんだから――おっと、まあ、よかったわよ、原口さんと茅野くんなら、まずまずじゃないかな」

まずまず、か。それは私が彼らと出張のための打ち合わせを何度か持ったときに感じた印象とそのまま重なった。彼らといると、音が違う感じがあった。仕事に対峙するときの擬音だ。部長ならどんどん、若松さんはごりごりで、栗本さんはきびきび。原口さんと茅野さんには濁音は入らないだろう。もっと淡々となめらかな音だ。のんのん、とか、さりさり、とか――打ち合わせの間じゅう私は頭の隅っこでそんなことを考えていた。

出発の一週間前くらいになって、栗本さんがうれしそうに私を手招きした。

「あのね、いいこと聞いたから教えてあげる。茅野くんのこと」

「はあ」

「はあじゃないわよ、一緒に出張行くんでしょ、十日間もずっとくっついてなきゃなんないんでしょ」

でしょ、と繰り返されても困ったけれど、栗本さんは仕入れた噂をどうしても私の耳に入れたいようだった。

「化学品課の佐藤さんに聞いたんだけど、茅野くん、新人の頃ロンドンのホテルでタクシー頼もうとして、言ったんだって」

　そこでくくっと笑ってから、声をひそめて私の耳元でささやいた。

「プリーズ・コール・ミー・タクシー」

「あ、はは」

　力なく私は笑った。英検の一級を持っている。だからどうした。見ず知らずのロンドンで、お願いだから私のことをタクシーと呼んでとベルボーイに訴えない自信は私にもない。栗本さんは私の反応の小ささに不満らしかったが、私は私で初めてのヨーロッパでの自分の言動と、それからやっぱり茅野さんにも不安を感じないわけにはいかなかった。


　デュッセルドルフからドイツをまわり、ボンからシャルル・ド・ゴールへ飛んでフランスで三泊した後、陸路でミラノへ入ったのは七日目の夕刻だった。私たちはミラノ中央駅近くのホテルに泊まり、翌日に備えることになっていた。いよいよ翌朝から私は靴の会社を訪問する。原口さんと茅野さんはミラノでは見本市と展示会のはしごをするらしい。

　最初のドイツでは、私はがちがちだった。原口さんと茅野さんの仕事についてまわり、ふたりのアシスタントみたいな顔をして同席させてもらった。商談の進め方を忙しく観察し、必要なときはノートも取った。なにしろ買い付けなどまったくの初めてだ。ここで形だけでもやり方を覚えておかなければと私は必死だった。いちばん疲れた顔をしているのも私だった。原口さんと茅野さんが合間を見て代わるがわる笑わせてくれた。くだらない冗談に笑っているときだけ、肩から力が抜けた。

私にとっては明日からがこの出張の本番だ。そう思えばもっともっと緊張してもよさそうなものだったけれど、意外なくらい落ち着いている。それはたぶん、同行のふたりのおかげだと思う。もっとも、緊張のせいでお腹を壊してはいたけれど。そのくらいはしかたがないだろう。

まずまず、という栗本さんの評価は少し低すぎたみたいだ。まず感心したのは彼らのタフさだ。移動距離も時間も長く、時差もあり、食べものも水も違い、言葉も思うようには通じず、その上で商談を成立させるのがこんなに体力のいることだとは思わなかった。接待ディナーも、しまいにはランチさえも重く感じるようになってきた私を、ふたりは自然にフォローしてくれた。まごついたり、マナーを知らなかったり、緊張しすぎたり、恥ずかしいことだらけの新米がなんとか無事に過ごせているのは、紛れもなく彼らのおかげだ。ふたりとも、ユーモアがあり、面倒見はよく、そのくせさっぱりしていて、初出張の同行者に彼らを選んだのは土屋部長の慧眼《けいがん》だったのではないかとさえ思えた。コール・ミー・タクシーを思い出すと吹き出しそうになったけれど、案外、それも茅野さんの冗談だったのかもしれない。

夕食までにはまだ間があった。街を歩くことにする。街じゅうの靴屋という靴屋をのぞいてみたい。ここが店長を始めとする靴屋の同僚たちの憧れの地だ。ドゥオモでもガレリアでも「最後の晩餐」の教会でも美術館でもなく、街の靴屋。靴屋をめぐるために私ははるばるこんな遠くの青い空の下までやってきた。心臓が強く速く打つのを感じ、自然と歩幅も大きくなった。

ドイツでもフランスでもそうだったけれど、ミラノは特に日が長い。少し欲ばりすぎてしまったようだ。街の靴屋をたっぷり見て歩き、気づいたときにはもう一軒たりともドアを押す力もないほど疲れていた。ホテルが遠かった。

出張用に使えるホテルはランクが決められている。私たちの今夜のホテルは、値段のわりに重厚な感じのする石造りの大きな建物だった。かなり古い様相なのに、スタッフにもお客にもなんとなく品があるのがいい。表通りに面した入り口から入るとすぐにロビーになっており、奥にフロントがある。その脇から幅の広い階段を上った二階が、食事のできるラウンジになっている。

鍵を受け取って私は階段の上を見上げた。食欲はない。疲れすぎたのか、食べ慣れないものを連日食べ続けたせいか。明日のためには少し食べておいたほうがいいだろう。それでも、階段を上る一歩を踏み出す気力が湧いてこなかった。しばらく迷って私はラウンジをあきらめ、エレベーターホールへ向かおうとした。

そのとき、階段の上の手すりから見慣れた顔がひょっこり現れた。目も鼻も口も涼やかでそつがない。その分インパクトもない。日本人にしては茶色い瞳と、薄い唇が特徴といえば特徴だけど、たぶん、特にハンサムではない。どちらかといえばどこにでもありそうな顔だ。その顔が、私に向けてほころんだ。

ここがイタリアだったなんて、一瞬、忘れた。イタリアの強い陽射しじゃなく、日本の春まだ浅い日のやわらかな太陽みたいな笑顔だと思った。

「食事、まだだったら一緒にどう」

なんの気負いもなく、階段の上から茅野さんは話しかけてきた。うれしかった。素直にうれしいと思わせてくれる茅野さんに、私はひそかに感謝した。

上りきったところで茅野さんは待っていてくれた。初めての海外出張がこの人とでよかった、と私はつくづく思う。きっと恋人にもこんなふうにいつも飄々《ひょうひょう》と穏やかなんだろう。不意にそう思いついて、見たこともない彼女がちょっと羨ましいような気持ちになる。

「なに?」

茅野さんは振り向いて私を見る。

「いえ、なんでもないです、茅野さんの彼女はきっとしあわせだろうなあと思って」

ははは、と茅野さんは覇気のない笑みを浮かべた。

「茅野さんていい人ね、って言われるのと似た気分だ」

「すみません」

「謝られちゃうと、かえってむなしいんだけど」

そう言って茅野さんは口の端を下げた。

ラウンジはかなり混んでいた。窓側の席はふさがっており、厨房に近いほうのふたりがけのテーブルに私たちは案内された。ふたりで向かいあっても気兼ねがいらない。古くからの同志みたいで、友人みたいで。出張に一週間同行すれば誰とでもこんなに打ちとけられるわけでもないだろう。

「いよいよだね」

茅野さんが向かいの席からメニューでも読むみたいに言った。いよいよ、明日だ。メニューを開いても、どうしても靴のことばかりが浮かんで、文字が全然頭に入ってこない。

「これ、イタリア語だよ。英語のメニューもらおうか」

茅野さんがメニューから顔を上げて私に言う。道理で文字が読めなかったわけだ。

「いいですよ、これで。なんとなくわかるじゃないですか」

「ほんと？」

茅野さんは感心したように私を見た。

「ズッパって、たぶん、スープですよ」

茅野さんは大げさに鼻の頭に皺を寄せてみせた。

「それくらいなら俺だってわかるよ。なんのスープなのかを教えてほしいのよ」

「え、と、ディ…ファ、ファ、ファッロ…のスープですよ」

「なんのスープだって」

「……あ、茅野さんのシャツ、いつも、いい白ですね」

「白にも、いい悪いがあるの？」

「あります。茅野さんのシャツはいい加減そうに見えて、必ず、白熱灯の白です。スーツ用のシャツって蛍光灯みたいな色が多いのに」

茅野さんがゆっくりと微笑むところだった。その微笑が、完全に開ききる前にかき消えた。ぱつん、と音がしたような、ぱつ、ぱつぱつぱつ、と聞こえた気がしたほど鮮やかに、ラウンジじゅうの電気が消えた。いきなり暗幕の下りた空間に、音楽も、足音も、話し声も、しゅっと吸い込まれる。余興ではない、と理解するまでに三秒くらいかかったと思う。

静まり返った直後、その反動のように音が戻る。お客たちが一斉に大声で話しはじめる。

椅子が倒れ、お皿が割れる音がする。

「……停電だ」

喧噪の中で、日本語が聞こえるのがありがたかった。それも、すぐそばで、私に向かって語りかけられる言葉が茅野さんの日本語でほんとうによかったと思う。突然の暗闇と異様な喧噪の下で、茅野さんのやわらかな声だけが頼りだった。

先週、近くでテロ騒ぎがあったばかりだと聞いていた。ただの停電だという確証はない。人々が騒然となるのも無理はなかった。小さな叫び声、大きな罵声、テーブルの上の物が落とされる音、人が歩きまわる音、何かが倒れる音、誰かが――たぶん、ラウンジかホテルのマネジャーが――イタリア語で何か説明しようとしているのが聞こえた。でも、また別の言語がそれに重なり、誰が何を話しているのかわからない。

「落ち着くように、って言ってるんだよ」

茅野さんがテーブルの向こうから言う。

「きっと、そうですよね。もう少しすれば復旧するでしょうし」

茅野さんは私の言葉には答えなかった。やがてろうそくが運ばれてきて、各テーブルに置かれた。ガスコンロに火をつけているらしく、厨房の中だけがほんのりと明るい。その灯りがあるだけでなんとなく心強かった。茅野さんがいてくれることは、その百倍くらい心強かった。

　店内はまだ人の動きが激しく、怒声が飛び交っている。

「ろうそくの火って、いいですね。かえってこのほうが雰囲気がいいかもしれませんね。おいしく食べられそうです」

　気を取り直そうとして私が言うと、茅野さんが小さな橙色の炎の向こうで笑うのがわかった。

「でもさ、俺たちまだ注文してないってこと覚えてる？　この騒ぎじゃ、いくら待っても注文取りにも来てくれないだろうねえ」

「そうでした。どうしましょう」

　そのとき、がちゃん、と音がして、あっと息をのむような短い声が上がった。すぐそこのテーブルからろうそくが床に落とされたのだった。暗い中で人が動く。誰かの靴が床のろうそくの炎を消す。それからまた誰かの叫び声が上がる。がちゃん、と音がする。落ち着いて、落ち着いて。日本語で言っても誰にも通じない。目の前の茅野さんにしか。

　すると茅野さんがテーブルの向こうで立ち上がる。ろうそくの台座を持ち、私の横をまわり込んで、今は使われていない壁際の暖炉のほうへ迷いのない足取りで歩いていく。すぐに暖炉の前、何か黒い大きな物の前で立ち止まり、ろうそくをその黒い物の上に置く。暗くてそれが何だか、茅野さんが何をしようとしているのか私にはわからない。周囲の誰もたぶん茅野さんに目を留めていない。

　私が椅子から腰を浮かせかけたのと同時に、暗闇の中でまぶしい太陽のような音が鳴り響く。はっと、ラウンジじゅうが、ほんとうにはっとするのがわかった。音、ではなく、それは音楽だった。茅野さんがピアノを弾きはじめたのだった。

　なんていう曲だったっけ。どこかで聴いた、明るくて、力強くて、楽しい歌。そう思ったとき、茅野さんが英語で歌いはじめた。停電の中だというのが嘘みたいに陽気な声だった。わかった、ビートルズだ。レディ・マドンナ。茅野さんはイントロに続けて、ポール・マッカートニーに似た軽快な声で一番の半分くらいまで歌ったと思ったら、サビに入る前のちょうどいいところでピアノの伴奏を収束させ、急にテンポを落としてジャズのように気怠《けだる》い音を出したかと思うと、そのまままた勢いよく元の調子に戻り、子だくさんでくるくると忙しく働く母さんの歌を歌い切り、明るい和音で止めると、グラーツィエ、と小さく叫んで立ち上がった。

　ブラボー！　の声の後、割れんばかりの拍手が起こった。私も、胸の前で思いっきり両手を叩く。茅野さんは暗闇の中を、まっすぐ私のいるテーブルに向かって歩いてきた。それが私をとても誇らしい気分にさせる。

店内にはもう先ほどまでの荒々しい人声も、ぴりぴりした雰囲気もなかった。

「出ようか」

茅野さんは私の前まで来てそう言うと、ろうそくの台座を持っているのと反対の手で私の手を取り、まっすぐに店の出口のほうへ歩きはじめた。暗闇の中ではぐれないよう手をつないでいるのだとわかっていても、胸がどきどきするのを止められなかった。

店のマネジャーと早口の英語でやりとりする茅野さんの背中にくっつきそうになりながら、私は、このまま停電がずっと続けばいいのに、と考えていた。

結局、その晩、停電は復旧しなかった。少なくとも私が懐中電灯の灯りだけを頼りにコンタクトレンズを外し、こそこそと顔を洗って眠りに落ちるまで、部屋は真っ暗なままだった。

翌朝、ロビーでふたりと待ち合わせたときにはホテルは元通りに戻っていた。何事もなかったような顔を、ホテルも、茅野さんも、していた。

「津川さん、昨日の停電、だいじょうぶだった」

私の姿を見るなり、原口さんが訊く。

「おはようございます。だいじょうぶでした。すぐに眠っちゃいました」

「なんだ、怖がって津川さんが泣きついてこないか期待してたのに」

原口さんが軽口を叩き、茅野さんがそれに合わせてうなずいたのを見て、

「そっか」と私はつぶやいた。行けばよかった。暗くて怖いんです、って茅野さんの部屋に。それからすぐに、そんなことを真剣に考えた自分を疑った。

初めての訪問先に着くまでは、心臓が跳ねていた。わざわざ迎えにきてくれたタクシーの中で、挨拶と自己紹介を小声で何度も練習した。緊張して言葉が何も出てこなかったらどうしようかと思った。

ところが、訪問先に足を踏み入れた途端、迷いも緊張もあっけなく消し飛んだ。商談の行われるきちんとした応接室には、大きなテーブルに美しい靴が何足も並べられていた。それを見たら援軍を得たような気持ちになったのだ。するすると心が落ち着いていく。靴に吸い寄せられる私を見て、靴会社のオーナーの雰囲気もやわらかくなった。どうぞお好きな靴をお好きなだけ、と笑顔で彼は言った。

商談相手にも恵まれたと思う。靴に対する思い入れと絶対の自信がぴしぴし頬を打つように伝わってくる。それでいて、商品の高級さを気取ることもなく、親切で気さくだった。どんなにまじめな顔をしていても、靴の説明を始めるとすぐに靴が好きでたまらないことが漏れてくるのも好もしい。

彼らが胸を張って紹介する靴たちは、そのどれもが愛情をいっぱいに受けて育った猫みたいに気高く悠々と今にも歩き出しそうに見えるのだった。小さな展示会さながらに並べられた美しい靴たちに見入る私の意気込みを、きっと彼らも感じ取ってくれたのだろう。一足一足、そのよさを真剣に説明してくれたし、ほんとうに自信のあるものだけを薦めてくれた。

やがて静かな興奮が身体じゅうに満ちてきた。どの靴をどれくらい、買うも買わぬも私ひとりの判断だ。責任も重い。けれど、快感のほうが勝った。新しい靴たちが、私に選ばれるのを待っている。想像するだけで胸が震えたような場所に、私は、今、現実に立っているのだ。

苦手なはずの計算がすらすらできることに自分でも驚いた。予算の配分が瞬時に浮かんだ。今まで単なる数字だと思っていたものに意味があり顔があるのだと発見したような気分だ。値段が読めることもさいわいし、私は淀みなく買い付けを決めていった。楽しくてしかたがない。こんな場に立てるのなら、これまでの日々は無駄ではなかったのだと思う。

売れそうなものより、売りたいものを、私は選び出した。彼らが売りたいものと、本社が売りたいもの、店長や元の同僚たちが売りたいもの、それぞれの幅を持たせた上で、最終的には私自身の売りたいものを基準にするのがいちばん確かだと今の私にはわかっていた。

靴を選びながら、なんと気持ちのいい仕事だろうかと何度もため息を漏らしそうになった。靴をデザインする人がいて、縫製する人がいて、商品として売る人がいて、買う人がいる。

それ以外にも、靴の素材となる動物を育てる人もいるし、それを鞣す人もいる。宣伝をする人も、梱包をする人も、運搬を任される人もいる。たくさんの人が靴に関わる中で、私はただ、できあがった靴を見、選び、それを日本の小売り店に卸す中間の作業をしているだけだ。それなのに、こんなに心が躍る。自分の手で靴を作り出せなくても、あるいは自分でお客に靴を履かせることができなくても、靴の好きな人たちの間に立っている。こういう愛し方も、たぶんあるのだ。

商談の後で製靴作業を見せてくれるところもあった。アテンド付きのミラノ見学やランチより、工房を見せてもらえないかと私が頼んだのだ。私はそこで時間の許す限り熟練工の手《て》捌《さば》きを堪能させてもらった。工房の一角で、裁断された残りの革で小物がつくられているのも見た。靴よりも小さくて自由につくることができるせいか、意匠が凝られ、いきいきと革の魅力を発揮しているように見えた。靴と同じ革でつくられていることを差し引いても、存在感はじゅうぶんだった。靴と合わせることで魅力が増すに違いないと、ひと目見たときから私は感じていた。

予定をすべて終えてホテルに戻ったときには足がつりそうだった。どんなに足に合う靴を履いていても、一日に十四時間も革靴を履きっぱなしで歩きまわれば靴擦れもできる。倒れ込むように部屋に戻り、靴を脱いだ。ベッドに仰向けに転がろうとしたときに、メッセージランプが点灯しているのが目に入った。確認すると、戻ったら連絡をください、と伝言が残されている。原口さんだった。彼は保護者役なのだ。私の帰りが遅いのを心配しているのだろう。

原口さんの部屋に電話をすると、のどかな声が聞こえてきた。

「おかえり。どうだった」

「はい、とっても充実した一日でした」

「いい靴が見つかったんだね」

「ええ、たくさん。日本で少しずつ見るのと違って、本場で勢いのある靴をたくさん見ると、やっぱりぞくぞくしちゃいます。すごく楽しかったですし、勉強にもなりました。入れたい靴がいっぱいあって、困るほどでした」

「全然困ってるふうじゃないみたいだけど」

「そうなんです、困るほどなんですけど困ってないんです、楽しかったんです。迷う暇もなくどんどん決められて、私、この仕事させてもらえてよかったなあって」

「……ああ、ちょっと待って、ここで茅野くんが耳をそばだててるから。疲れてるだろうけど、せっかくだから茅野くんにも報告聞かせてくれるかな。今から、こっちの部屋——はまずいか、下のラウンジで一杯飲みながら、ってのはどうかな」

「ありがとうございます。それじゃ、お部屋に伺ってよろしいですか。戻ってからちょっと今夜中に本社に問い合わせたいことがありますので」

「うっわ、熱心だねえ」

原口さんは笑い、電話は切れた。

「靴の匂いがする」

原口さんの部屋のドアをノックすると、内側から開けてくれた茅野さんが開口一番そう言った。

「今日、一日じゅう靴を見て歩いてましたから」

「知ってるよ。で、いい靴があったんだ」

茅野さんは造りつけのデスクから椅子を引き出して私の前に置くと、自分はベッドの上に足を投げ出してすわった。

「はい、たくさん」

「で、たくさん買ったんだ」

私が大きくうなずいたのを見て、

「それは楽しかったろうねえ」と茅野さんも楽しそうにうなずいた。

「あ、それで、茅野さん、こういうの、どう思います？」

私は鞄から、見本にもらってきた革の小さなポシェットとベルトを出して見せた。茅野さんはベッドの上から身を乗り出してポシェットの蓋を開け閉めし、それから鼻を近づけて匂いを確かめた。

「これはいいね、とてもいいと思う」

私はうれしくなって叫んだ。

「そうでしょう！　いいでしょう！」

「それで、これ、なんなの。どうしたいの」

「午後に訪ねた会社の、靴と同じ工房でつくってるんです。これもなんですけど、しみじみといいですよね」

革紐の先に貴石のついたアクセサリーを取り出し、茅野さんの掌に載せる。個性の強いチョーカーだ。靴と組み合わせたディスプレイがすでに浮かんでいた。

「靴と一緒に輸入して、並べて売ることができたら素敵だと思って、とりあえずサンプルをいただいたんですけど。今日これから本社に確認して、了解が取れれば明日の空き時間にでももう一度商談に伺おうと思ってるんです」

茅野さんはじっと私の話を聞いていた後に、

「時間の都合がつけば、明日俺たちが行く展示会にも来るといい」と言った。

「何の展示会ですか」

「服。入れるのは俺たちが入れるけど、靴やバッグに合う服も一緒に提案したら面白そうじゃない」

ちょっと答に詰まった。

「いいですね、それ」

「あ、全然いいと思ってないね実は」

「いえ、そんなことないです。ただ、私、服、あんまりわかんないから」

「え」

茅野さんは驚いたように顔を上げた。

「津川さん、服のセンス、すごくいいと思うけど」

飾り気のない、まっすぐな声だった。耳たぶが熱くなるのがわかった。服には興味がない。センスなんて絶対にあるわけがない、と、もしかしたらあるのかもしれない、とが競りあいながら身体を上ってくるような感じがした。昔、もう十年以上も前に、服が似合っていると私に言ってくれた男の子がいた。そのときの、木月くんのはにかんだ笑顔を唐突に思い出した。

「おかしいな、津川さん、ほめられることに慣れてないみたいだ」

茅野さんがベッドから下りて立ち上がった。

「さっきの、靴の話をしてた津川さんはすごく楽しそうで、いきいきしてて、羨ましいくらいだった。俺は仕事でそんなに楽しくなれないからね。それなのに、ちょっとほめたらそんな顔をする。へんな人だね」

「そんなこと言うなら茅野さん、夕べのレディ・マドンナはほれぼれするくらいかっこよかったですけど」

「けど、なに。今はかっこよくないって？」

私がすわっている椅子の真ん前に茅野さんが立つ。どきりと胸が鳴った。

「そういえば、原口さんは」

椅子にすわったまま私は部屋を見まわした。

「気づくの遅いよ。ラウンジへ飲みに行った。津川さんを誘ったけど断られたって言ってたよ」

「断ったわけじゃありません。部屋に行くって言ったんです」

「知ってる。それで俺がここで待ってた」

「待ってた？」

「そう。今日の報告を聞こうと思った。そうしたら、明日の展示会に強引にでも誘いたくなった。それくらい、いきいきしてた」

「行きます、明日。連れていってください」

「服はわからないとか言わないこと。津川さんなら絶対だいじょうぶだから」

だいじょうぶ、と言われて私の身体は温もる。ほんとうにだいじょうぶかもしれない気がしてくる。

「それから」

茅野さんは腰を屈め、私の顔をのぞきこんだ。

「もうひとつ、誘いたいんだけど」

「はい。あ、ラウンジだったら、後で行きます。本社にメール書いちゃいますね」

「お酒、弱いの？　メールなんて後でいいじゃない、どうせ時差あるんだから。って、ラウンジじゃない、ない」

茅野さんはばいばいするみたいに手を振った。

「俺の部屋」

「はい？」

「いや、だから、俺の部屋」

「はい。茅野さんの部屋が、なんですか」

「もうひとつ誘いたいところ、って言ったでしょう」

「あ、ああ、そうでしたね。え？　茅野さんの部屋に、この私を誘ってくれるんですと？」

「この私ってなに。ですとってなに。津川さん、日本語が変」

茅野さんが笑った。笑顔が近くて目眩がしそうだ。もうこのまま茅野さんの部屋に行ってもいいと眩《くら》んだ目が訴えるのに、行けません、と唇が勝手に動いている。

「やっぱり、メールだけ先に済ませてからじゃないと。気になってるの、嫌ですから」

茅野さんは身体を起こし、椅子の背に手をかけた。

「朝の五時に起こしてあげる。日本はその頃ちょうどお昼だ」

それでいい。五時に起こしてもらえばいい。それなのに私は首を左右に振っている。

「それじゃ間に合わないんです。朝一でメールを入れておかないと、なにしろ決裁が遅いんですから」

茅野さんは私の両手を取って椅子から立たせた。大きな手だった。夕べ、真っ暗なラウンジから連れ出してくれたときの手を思い出してどきどきした。

「本社になんか相談しなくても平気だよ。津川さんがいいと思ったものは、通るから」

「適当なこと言ってるでしょ」

「いや、ほんとう。出張の間ずっと津川さんを見てて思った。もっと自分の目を信じたらいい」

そう言って茅野さんは少しだけ力を入れて私の手を引いた。小さな子供みたいに手を引かれ、私は原口さんの部屋を出た。

それなのに、私は茅野さんの部屋へは行けなかった。

七葉なら、と考えることはやめにしたつもりだったけれど、つい考えてしまった。七葉ならきっと迷わずに行けただろう。私はどうか。茅野さんの茶色い目を見上げ、ふらふらとついていってしまいそうになりながら、私は自信を持って答える。私も行ける。

それで私は満足だった。今夜だけは仕事だ。どうしてもメールを済ませてしまいたかった。靴の魅力を引き立てる小物を買い付けるチャンスを逃したくない。

「まあいいか、先は長い」

茅野さんは笑って言った。

「また今度、誘うよ。おやすみ」

「おやすみなさい」

部屋に戻るとき、レディ・マドンナのイントロが耳の中で小さく鳴っていた。このまま停電になったらいいのになあ、とホテルの廊下を歩きながら私は願った。そうしたら今すぐ茅野さんの部屋へ向かえるのに。

帰国してからは、たまっていた日常業務に加え、出張報告書をつくったり、各部署との報告会に出席したりで出発前よりはるかに忙しくなった。時差ぼけもあり、残業が続くのはこたえたけれど、私は必死だった。靴だけでなく、バッグやアクセサリーの試験的な仕入れを許可されていた。うまくいけばこれから靴と一緒に買い付けるチャンスが来る。繊維課で仕入れる服と併せて卸す企画もなんとか実現させたかった。

靴から始めるコーディネートには必ず需要がある。服よりも靴が好きな人、靴に合わせて服を選ぶ人が潜在的にかなり存在しているというのが、二年間靴屋で働いてきた実感だ。組み合わせることでますます靴が輝くなら、靴屋にとって、お客にとって、なにより靴にとって本望だろう。靴と服との相乗効果で売り上げが伸びれば、部署や会社としてもメリットは大いにあるはずだ。

私は残業続きで企画書をつくった。それなのに、手応えは芳しくない。課を跨ぐ企画は実現したためしがないのだという。

「早い話が、予算の取り合いってことよね」

報告会の後で、栗本さんが首をすくめてみせる。皮革課が服を扱えば繊維課との間に費用の付け替えが発生する。どうやらそれが問題らしい。課単位の売り上げだけを追求するなら、共同の企画はむずかしいだろう。同じ部署内で課ごとに縄張りを主張し、予算の確保にしのぎを削っているなんてほんとうにばかばかしい。でもそのばかばかしいところに巻き込まれるか、風穴を開けられるのか、やってみる価値はあると思う。

「がんばってみれば」と栗本さんが目を細める。そうして小声で付け加えた。

「出張の前と後で、津川さんなんだか変わったよね」

そうだろうか。私のどこかが変わっただろうか。ミラノの靴屋も停電もレディ・マドンナも夢の中で起こったことのような気がしている。私を気遣い、よく笑わせてくれた原口さんはただの課長の顔に戻り、あんなに近かったはずの茅野さんはフロアの奥の繊維課の席で背中を見せていた。

原口さんは今日も定時退社らしい。鞄を提げてひょうひょうと歩いてくる姿を見ると、肩の力が抜ける。仕事には力を入れていないというのもほんとうかもしれないなあと思う。定刻きっかりにタイムカードを押している背中に、私はこっそり手を振る。原口さんはふと顔を上げて振り返り、私を見ておどけた笑顔になる。

「がんばれよ」

原口さんは右手を小さく上げ、そのまま出ていった。がんばれよだなんて、当の繊維課の課長が他人事《ひとごと》みたいに言っているのがおかしかった。

会社での原口さんは閉じている。ほんとうに地元へ帰って選挙に出るつもりなのか、ただの噂なのかは知らないけれど、五時半に会社を出て、やるべきことが外にあるというのは素敵なことなのかもしれない。いろいろな働き方があるのだ。私は目の前のことをこなすのに精いっぱいで、外の景色はほとんど見えないのだけれど。

課内で打ち合わせを重ね、何度も修正した報告書と企画書をようやく書き上げて提出した金曜日、終業間際になって、茅野さんが腕の屈伸をしながら私の席に近づいてきた。待っていた。茅野さんが来るこのときを待っていたのだと私ははっきりと意識した。

「久しぶり」

「ほんとですね、毎日お顔は拝見してますけど、なんだか久しぶりみたいな気がします」

「相変わらず堅いなあ」

そう言って、意味もなく伸ばしたり曲げたりしていた腕を下ろし、少し声を落とした。

「約束覚えてる？」

「約束？　してましたか」

約束にはほんとうに覚えがなかった。

「ああ、これだもんなあ、津川さんはなあ」

それから、まじめな顔になって、

「服、どうだった」と訊く。

「駄目みたいです。販路がないって」

「そりゃそうだよ、今はないよ。それをこれからつくろうって話だろ」

私も声をひそめた。

「予算を渡したくないんだと思います、ほんとうのところは。でも、靴屋のほうに、あ、春まで私が勤めてた靴屋ですけど、そこに何着か服を置いてもらうことくらいならできそうです」

「例のバッグとかアクセサリーとかも一緒に」

「はい。ディスプレイの案がどんどん浮かんで、打ち合わせのときに口で説明するのがもどかしいくらいでした」

茅野さんはにっこり笑った。

「いいね、それでこそ津川さんだ。俺が見込んだだけのことはある」

「茅野はうちの津川に何を見込んだって」

若松さんが私たちのひそひそ話に割って入る。

「若松さん、こう見えても津川さんてミラノじゃかっこよかったんですよ。目がね、もう燃えちゃってたね、すごい勢いでばしばし靴を買い付けてました」

茅野さんは得意げに若松さんに言った。

「この人に雑食なんて無理ですね。靴関係だけに専念させてやってほしいです」

若松さんは、「偉そうなこと言うんじゃねえよ」と茅野さんの背中に回し蹴りを入れる真似をしてから、まじめな顔になった。

「俺、まだ主任だから。津川の処遇決められるほど力ないし。でも、報告会に出て、津川の熱弁聞いて感心したのは確かだよ。見かけによらず面白いやつだと思った」

若松さんと茅野さんは顔を見あわせてうなずきあった。それはそれでくすぐったいような気分だったけれど、雑食は無理だと茅野さんが言ってくれたことに私は胸を打たれていた。歓迎会の席で部長が私に雑食を勧めたことを茅野さんは覚えていた。見ていてくれる。私をわかってくれている。私にも茅野さんのことが少しだけわかる。雑食の勧めに違和感を覚えたのは彼自身だったのかもしれない。

若松さんが席に戻ってから私は訊いた。

「それで、茅野さん、約束ってなんでしたっけ。ごめんなさい」

「謝られると困っちゃうんだけどさ」

茅野さんは私の耳元でささやいた。

「今日、ごはん食べていかない？」

はい、と即答しそうになるのをなんとかこらえる。

「ええと、まだちょっと仕事が残ってるんです」

ほんとうだった。ちょっとではなく、仕事は山ほど残っていた。

「それはやんわりと断ってるつもりだったりする？」

「違います、ほんとに仕事があるんです」

「じゃ、終わるまで待ってる。あ、迷惑そうな顔」

「そんなことないですってば」と言いながら私は七葉を思い出している。迷惑そうな顔に間違えられるような笑顔を、七葉なら絶対にしないだろう。

「それじゃ、あと二時間でなんとかします。待っててもらえますか」

「二時間ね、わかった。七時半にここに迎えに来る」

そういうと茅野さんはさっさと出ていってしまった。タイムカードを押したように見えたけど、一度、外に出るつもりなんだろうか。茅野さんの後ろ姿を見送ってから私は、報告書や企画書の合間に少しずつ片づけておかなければならなかった事務書類の山に大急ぎで取りかかった。

七時半になっていることに気づいたとき、しまった、と思った。化粧直しくらいしておけばよかった。必死に仕事をこなし、ふと時計を見たらすでに約束の時間ではないか。慌てて机を片づけ、トイレに寄って口紅だけつけなおし、ロビーに下りると、ちょうど茅野さんが入ってくるところだった。茅野さんは私を見て、にこにこっと笑った。私を見つけただけでこんなふうに笑ってくれる人がいる。それはもしかしたらすごくしあわせなことなんじゃないだろうか。

「お待たせしました」

私が言うと、茅野さんは首を振った。

「こっちこそ、待たせたんじゃないかと思って駅から走ってきちゃったよ」

たしかに、額がうっすらと汗ばんでいる。子供じみているかもしれないけれど、私との約束のために茅野さんが汗をかいたというだけで、なんだかうれしい。ビルの前庭に植えられた満天星《どうだん》から甘やかな緑の匂いが立ち上る。私たちは並んで、すっかり暗くなった舗道を地下鉄の駅のほうへ歩きはじめる。

「どこへ行ってたんですか」

「うちへ帰ってた。ごはんの用意をしてたんだ」

思わず見上げると、茅野さんはいつもと変わらぬのんきそうな顔で、空を見ながら歩いていく。街路樹の若い緑が街灯に照らされている。

「ごはんの用意？」

「そう。あんまり時間なかったから、たいしたものつくれなかったけど」

街路樹が途切れる。角が地下鉄の駅だ。

「あのう、ごはんを茅野さんの部屋で？」

「うん」

私は足を止めた。アパートへ帰るなら、ここから地下鉄に乗らなければならない。

「茅野さんは誰にでもそんなことを言うんですか」

茅野さんが笑う。

「どうしてそんなことを訊くんだろう。誰にでも言うわけがないでしょう」

「道を行く誰彼かまわずそんなことを言ってるとは思いません。ちょっといいなと思った人には誰にでもそうやってすぐに部屋に誘うんですか、ってことです」

「ちょっといいなぐらいじゃ誘わないよ」

「じゃあどうして私にはそんなに簡単に誘うんですか。いきなり部屋になんて行かないでしょう、普通」

え、と茅野さんは不思議そうに目を細めた。

「なんで？　俺たち、外で会ってる段階はもう過ぎたと思うけど」

ぶへっ、とか、ぼへっ、とか、そういう音を立てて私は吹き出した。笑うつもりじゃなかったのに、ここは毅然と言い返すべきだったのに、なんだか妙におかしかった。

「あのう、茅野さん、外で会う段階もなにも、私たち仕事以外で会うの初めてじゃないですか」

ようやく私がそう言うと、茅野さんは目を丸くした。

「そうだったっけ」

「そうですよ」

「じゃあ、外で会うところから始めたい？　部屋にふたりでいるほうが楽しいと思わない？」

それはそうだ。ふたりでいるほうが楽しいに決まっている。ここはうなずいていいところだろうか。私は困って茅野さんの顔を見上げた。茶色い目が笑っている。

「いきなり部屋に行くなんて、やっぱり戸惑うでしょう」

自分の声がちょっと甘くなったのがわかる。

「いきなりじゃないよ。全然、いきなりじゃない」

そう言われると、いきなりじゃないような気がしてきた。たしかに、いきなりじゃない。約束と言ったのは、ミラノで部屋に誘われた、あの夜の約束だったのかと急に思い当たる。また誘うから、と茅野さんは言ったのだ。

「あのさ、ごはんを食べようって言ってるだけだよ」

何か言い返さなきゃと思いながら、私は不覚にも笑ってしまった。春のあたたかい空気に胸をくすぐられているみたいだった。ふふふ、うふふふ、と笑いがあとからあとからこみ上げてきて、地下鉄の駅への下り口に佇んだまま、気がつくとなぜか茅野さんも一緒になって笑っているのだった。


茅野さんの部屋は古びた鉄筋三階建てアパートの一室だった。

私がまず心惹かれたのは、その玄関のたった半畳のスペースだ。シンプルな木製の靴べらが立てかけてあった。こういう何気ない靴べらをずっと探していたのだ。つい手にとって使い心地を確かめたくなってしまう。三和土はきれいに掃かれ、そこに今日茅野さんが履いていたハシバミ色の靴が少しだけ前をずらした形で揃えて置かれている。意外と礼儀正しくて、軽快で、でもほんの少しどこか抜けているようなその靴の佇まいが茅野さんと重なる感じがした。

「どうしたの、どうぞ」

声をかけられ、下駄箱を開けてみたい衝動を抑える。下駄箱の中をのぞきたいなんて、生まれて初めて思った。

玄関を上がると、茅野さんの部屋は六畳と四畳半、それに狭いながらもちゃんとした台所がついていた。その台所にも、私は惹きつけられた。うなぎの寝床のような細長いスペースにラックが組み込まれ、必要な物が必要なところにしっかりと収まっている。使い勝手を考えられ、よく使い込まれたこういう場所が私はとても好きなのだ。しかも、台所にはついさっきまで誰かがここでかいがいしく立ち働いていた気配がそっくりそのまま残っていた。

「茅野さん、台所を探検させてもらっていいですか」

台所からつながる和室の奥でレコードをかけようとしていた茅野さんが振り返り、身を起こす。

「いいよ、なんでも見て」

私は、茅野さんが手にしているものを見る。

「それ、なんですか」

「えっ、レコード、知らない？」

「レコードは知ってます。なんのレコードかなと思って」

知っているとはいっても、マルツ商会の棚で見ただけだ。かけたことはない。私はレコードプレーヤーを一度も持ったことがなかった。

「これはね、高校のときに妹からもらったやつ。古いジャニーズだな、十年以上前の。女の子がよろこぶかと思ったんだけど、どう」

思わず笑ってしまう。

「ちょっと違うような」

「じゃあ、どんなのがいいのかな」

「茅野さんは？」

台所から和室へ入り、ステレオのそばまで近づいていくと茅野さんはちょっと首を傾げ、それから照れくさそうに笑った。

「ここにあるのは、俺、全部好きだから」

レコードは、どれくらいあるだろう。ひとつのボックスに五十枚ずつ入っているとして、それが十箱ほど積み重なっているから、五百枚くらいだろうか。

「それじゃ、新しくないのをお願いします」

せっかくのレコードなら古いほうがいい。それだけの理由だったのだけど、茅野さんは三つほどボックスを開けて一枚を探し出した。

「古さで言うなら、断然これ」

「古いものなら特にＣＤのほうが音質がいいんじゃないんですか。どうしてレコードなんですか」

私が訊くと、茅野さんは首を捻って肩越しにこちらを向いた。

「レコードを聴いたこと、ある？」

私は首を振った。

「聴いてみればわかるよ」

そう言ったくせに、レコードに針を落とすとすぐに茅野さんは立ち上がって、私を台所へ押しやった。

「腹減った。早くごはんにしよう」

台所へ足を踏み入れたときに、レコードが鳴り出した。あたたかくてやさしいピアノの音が畳の上にこぼれる。深煎りのコーヒー豆のようなウッドベースがそれを掬《すく》う。聴いたことはないはずなのに、胸をあたたかく湿らすような懐かしい音楽だった。

台所では、鍋にスープができあがっていて、まな板の上で茗荷が刻まれ、茄子やトマトやパプリカ、色とりどりの夏野菜は裂かれ、焼かれるだけになっており、茅野さんは冷蔵庫からラップのかかったボウルを取り出した。

「今日は生姜焼き丼。それから、わかめと茗荷の酢の物。焼き野菜。スープはちょっと辛いやつ。あ、やば、サラダ忘れてた。女の子ってサラダが好きなんじゃなかったっけ」

私はまた笑う。

「もしかしてそれも妹さんから聞いたんですか」

「あいつはあんまりあてにならんのだな」

茅野さんはそう言いながらオーブンに火を入れ、スープの鍋をあたためはじめた。

「何か手伝うことありませんか」

「もう後は、こいつをオーブンに入れて、生姜焼きはフライパンで炒めればいいだけだから」

茅野さんは手際よく野菜のボウルにオリーブオイルを混ぜている。私はうろうろと台所を見てまわる。

「なんですか、これ」

「穴あきスプーン」

「何に使うんですか」

茅野さんは野菜をオーブンに入れてから、穴あきスプーンを手に取った。

「ポーチドエッグをつくったり、ベーグルを茹でたりするときに使うんだ」

「げ」

「ベーグル、嫌い？」

「いえ、いえ」

私は曖昧な笑みを浮かべて後ずさる。食べるのは好きだけど、ベーグルなんてどうやってつくるのか、プロセスが全然浮かばない。イースト発酵？　茹でるって、どの時点で？　疑問符で頭がぷかぷかする。

「これで卵をすくい上げると簡単だしきれいなんだよ。やってみる？　こんなスプーンひとつで、って感動するよきっと」

茅野さんはスプーンを目の高さに掲げ、無邪気に勧めてくれる。

「あ、これは。これはなんですか」

ラックの脇に立てかけてあったラケットを私は取り出す。

「テニスのラケット。知らない？」

茅野さんは怪訝そうな声になる。なんだかこんな会話ばっかりだ。

「いえ、台所で、何に使うのかと思って」

「これはねえ、茹で上がったパスタの水切り。ガットの網目の部分で。でもうまくいかなかったよ。映画じゃうまいことやってたんだけどな」

「『アパートの鍵貸します』だ」

「観た？」

茅野さんはみるみるうれしそうな顔になる。

「俺、映画館で二度続けて観ちゃったよ。シャーリー・マクレーン、可愛かったな」

私も、と言おうとして思いとどまる。私も、映画館で、愼と観たんだった。あの頃の私には二回続けて映画を観る時間はなかった。名残惜しく映画館を出ながら、シャーリー・マクレーンがよかったな、と言った愼を懐かしく思い出す。意外なくらい、ただ懐かしいだけの思い出として。

「学生の頃、住んでた街の近くにいい映画館があったんだ」

ごはんを食卓に用意しながら茅野さんが話してくれる。

「古くて、落ち着く映画館だった。住宅街の中にあって、バスで行かなきゃならないんだけど、バス停から川沿いの桜並木を歩く時間も気持ちがいいんだ。ポップコーンが妙においしかったっけなあ」

オーブンから出したばかりの夏野菜を取り落としそうになった。目の中に川沿いの桜並木が鮮やかによみがえる。

「映画館の入り口のところが石段になっていて、そこを上がると重い木製の扉。曇った硝子越しに中が見える。いつも空いてた。ポップコーンだけはやたらにおいしかった」

冷えた白ワインの栓を抜いていた茅野さんが驚いたように顔を上げる。

「……もしかして」

私はゆっくりとうなずいた。

「同じ映画館？」

「玉平の」

「日映」

茅野さんは子供のような笑顔になる。

「同じ映画館で、同じ映画を観てたんだ」

白ワインのグラスが掲げられる。真似をして私もグラスを少し持ち上げる。乾杯。十年近く前の、あの映画館の薄暗がりに若い茅野さんがいた。愼との思い出よりも、茅野さんがそこにいたという事実のほうがずっしりと持ち重りがする。目の前の茅野さんに、古い映画館の座席でスクリーンを見上げる茅野さんが重なって見えた。これから、きっと何かすごくいいことが起こる。

「あの近くに、おいしいあんパンを売ってる店があったの、知ってる？」

「それは知らないです」

茅野さんはちょっと得意げになった。私のお皿に山盛りに野菜を取り、レモンを搾ってくれながら言った。

「それじゃ、少しバスに乗っていったところに、すごくいい道具店があったのは？」

　私は黙って茅野さんの話の続きを待つ。道具店と聞いて耳がどきどきしている。

「店じゅう全部、どこを取ってもいいんだ。いいものばっかり置いてあるんだよ。骨董の、高貴なものがほとんどだけど、こむずかしくなくって、眺めているだけで楽しくて、俺なんかでも本気で欲しくなるようなものの店」

　高貴なもの、というところで私は少し笑った。あ、と思い出したように茅野さんが立ち上がる。

「さっきのレコード、その店で買ったんだ」

　ステレオの上で静かに回転を止めていたレコードを、大事そうに見せてくれる。両手で受け取って、私はため息をつきそうになる。ジャケットに見覚えはないけれど、たしかに、匂いがした。長い間大事にされて人の手を渡ってきたものの匂い、マルツ商会の中に漂っていたひそやかな匂いが、かすかに鼻をかすめた。

　きっと、このレコードはマルツ商会の棚にあった。ここで思いがけず再会して、それで懐かしく感じたのかもしれない。でももちろん、そのせいだけじゃない。茅野さんの好きな店、そこに置かれる品、レコードが発散する匂い、その匂いを嗅ぎわける私、私の育った店、私の目の前にいる人、それらは輪っかみたいにつながっている。

「茅野さん、ごはん、すごくおいしいです」

こんな気持ちのときになんと言えばいいのかわからなくて、私は茅野さんのつくってくれた生姜焼き丼をもくもくと食べる。胸がじんじん鳴っている。

「よかった。たくさん食べて大きくなれよ」

ほころんだ顔にやわらかそうな前髪がかかる。

「たぶん、私、その店知ってます」

「ほおんとお?」

茅野さんは半信半疑らしい。

「今度、一緒に行ってみましょうよ」

「いいね。じゃあ早速明日だ」

明日じゃまだちょっと早い。茅野さんを連れて店に行ったら家族はどんな顔をするだろう。そこが私の実家だと知ったら茅野さんはどんな顔になるだろう。見てみたい気はする。

明日、明日、と歌うようにつぶやきながら茅野さんが新しいレコードをかけるために席を立つ。

「そんなにたくさんレコードがあって、どれをかけるか迷いませんか」

その背中に私は声をかける。

「迷うのも楽しいよ。でも、たいていは迷わない。聴きたいレコードがいつもちゃんと頭に浮かぶから」

そう言って新しいレコードをセットすると、食卓に戻りながら人なつっこい目で私を見た。

「あのさ、昔から思ってたんだけど、朝目が覚めたときに聴きたい曲が決まってると、その日は一日いい日になる気がする」

もうだめだ、と思った。どうしてこの人の言うことが、こんなふうにひとつひとつ胸に飛び込んでくるんだろう。祖母はいつも言っていた。朝目が覚めたときに飲みたいお茶が決まっているとその日はいい日になる。今朝、目が覚めたとき、私はお茶を飲みたいと思っただろうか。それとも、聴きたい歌が決まっていたんだったか。ちょうど今のように。

「茅野さん、次の曲、リクエストしていいですか」

「うん、もちろん」

決まっていたような気がする。忘れていたけれど、今朝起きたときも、昨日の夜も、その前も、ずっとこの曲が聴きたかった。

「じゃあ、レディ・マドンナを」

「うん」

そうして私たちはレディ・マドンナまでのレコード一枚分、ゆっくりごはんを食べ、その後ふたりで食器を片づけた。テーブルにはまだ半分近く入っているワインのボトルとグラスが残されている。おいしいものを食べて、音楽がかかっていて、お酒があって、ふたりでいる。もうだめだ、と思う。何がだめなのか、わからない。わざと他愛のない話をしてたくさん笑った。

よく考えてみれば白よりもロゼのほうが今日のごはんに合ったような気がする、と茅野さんはワインのボトルを指でなぞった。指の跡だけボトルの水滴が拭われる。水滴のついたその長い指を見ているうちに、不意に左の頬に、ひんやりと湿った指があてられたような錯覚を起こす。私は思わず頬に手をやる。頬が熱い。

いつのまにかレコードが終わっていた。レディ・マドンナが今ここでかかったら、すごくいいだろうな、という気持ちと、もうだめだな、という気持ちが一緒になってその辺で踊っている。

「酔ってるの？」

テーブルに顔を伏せた私に、茅野さんがびっくりしたような声で訊いた。

「はい。ちょっと」

「もしかして、飲めなかった」

「はい、いいえ、でもおいしかったです」

「だいじょうぶ？」

「はい、全然、なんともありません」

茅野さんは私の頭をふわっと撫でて、台所からお水を汲んできてくれた。

「なんともない人がどうしてテーブルに突っ伏しているんだろう。まあ、ゆっくりさませば
いいけどね。コーヒーでもいれようか」

「いいえ、ほんとにだいじょうぶです」

「それならよかった。……じゃあ、準備はいいかな」

「準備」

「うん」

「なんの」

「そりゃあ、レディ・マドンナの。この曲のときは、必ず停電になるんだ」

茅野さんは立っていってレコードを替え、それから、部屋の灯りを消す。

「停電です」

宣言する茅野さんのやわらかな声が私をミラノの夜へ連れていく。窓から外灯の光が入る
から、あのときのような暗闇は来なかったけれど、冴えたピアノのイントロが始まって、身
体の芯がぞくぞく震えている。思い出した。朝目が覚めたときに会いたい人なら決まってい
た。今日がいい日になるのはあたりまえだった。

薄闇の中で、外灯の明かりの差す窓辺だけがぼうっと明るんでいた。私はしんと静かな気持ちでいる。こんな景色を、いつかどこかで見た記憶がある。薄暗い穴倉のようなところから外を見ている。思わず、ああ、と声が漏れる。隣で眠る茅野さんの腕をそっとつかむ。未来の記憶だ。私はずっと前からここでこんなふうに窓を見上げることを知っていた。

マルツ商会には行かなかった。ふたりでいると、それで足りてしまった。どこへ行っても、行かなくても、何をしても、何もなくても、ふたりでいるだけで潮が満ちているのだった。

週末を茅野さんのアパートで過ごし、日曜の夜にようやく私は自分の部屋へ帰った。こんなことはなかったなあ、としみじみ思う。誰かを好きになって満たされたことなどなかった。誰かが私を思ってくれても、誰かと一緒にいても、いつもさびしかった。

茅野さんに会えないとさびしい。顔を見たい。声が聞きたい。それでも、そのさびしさと、私がこれまでに味わってきたさびしさとは手ざわりがまるで違う。ひとりでいても、私と茅野さんの中の潮が呼びあい、つながっているのがわかる。

慎といるとさびしかった。振り向いて、私だけをまっすぐに見てほしくて、私はいつも焦《じ》れていた。そばにいるのに近づけない。あのさびしさは痛切だった。

慎の後につきあった人たちも、近づけば近づくほどさびしくなった。楽しくつきあってい るつもりでも、ふたりだけになるとだめだった。泣きたくなるほどさびしい瞬間が来た。ふ たりでいてもひとりなのだ、心は重ならないのだと突きつけられる気がした。さびしくて、 怖かった。途方もなく孤独だった。

茅野さんと一緒にいると、さびしさのことを忘れる。何があってもだいじょうぶだと信じ ることができる。気持ちの玉があるとしたら、温泉に浸かったゴムまりみたいにあたたかく、 やわらかく、弾んだり、転がったり、伸びたり、縮んだりして、それでふたりでいつまでで も楽しめるだろう。

私たちは週末ごとにお互いの部屋を行ったり来たりした。仕事もできないのに恋なんてで きない、する暇もないと思っていた。どちらかを取らなければとか、仕事を恋の、恋を仕事 の言い訳にしたくないとか、本気で考えていた。あの頑なさはなんだったんだろう。落ちて しまえば恋は言葉じゃない。ほどいて、結び、結んで、ほどく。ふたりでいるのって、何か そういう作業だと思う。

中途半端だということにずっと引け目を感じていた。私には何もないと思ってきた。何も かも中途半端で、靴を愛したいとか誰かを愛したいとか強く望んでいながら愛し切れないで いた。愛せるものが欲しくて焦った。間違ったこともあった。愛するふりをして傷つけた人もいた。だから私も、誰にも何にも愛されることがない。きっとこのままいくんだろうと思っていた。

「麻子のどこが中途半端なんだか」

茅野さんは笑って大げさにため息をついてみせる。

「どこもかしこも。靴を担当しているからには、もっと靴を愛したいと思う。でも私には、たぶんその才能がない」

「才能って、靴を愛する才能？」

ばかだなあ、と茅野さんは笑う。

「まだ愛し足りないのか。貪欲な人だよこの人は」

そう言って蒲団を三つ折りにして抱え上げ、朝のベランダに干しに出ていく。サンダルが一足しかないから、私はサッシのところでそれを見ている。

「ずっと靴のことが頭から離れないとか、いつも靴のためを思って行動するとか」

「そういう人になりたいんだね、麻子は。わかったよ。でも念のために言うと、それは変だよ」

「変でもいい」

ベランダの日だまりから茅野さんがゆっくりと振り返る。

「俺も仕事は好きだし、扱う商品にも興味があるよ。だけど、繊維を愛するとか愛さないとか、そんなふうに考えたことはないな」

サンダルを脱ぎ、部屋に入ってくる。太陽の匂いがついてくる。

「それ以上靴を――俺ならさしずめ繊維を――愛する必要を俺は感じない。でも、麻子の思い入れと気迫には感心するよ。できるだけ応援したいと思ってる」

茅野さんは私の髪に指をからませる。声の調子が急にやわらかくなった。

「麻子は俺といるとき、不自由？」

ううん、と私は首を振る。

「俺のことを縛ったり、縛られたり、したいと思う？」

ううん、と私はまた首を振る。そんなのは嫌だ。

「じゃあ、俺のことは愛してないと思う？」

見上げると、茅野さんは笑っていた。

「愛してたって自由だよ。相手のことだけでがんじがらめになっちゃうのが愛ってわけでもないんじゃない？」

がんじがらめになってみたい気も、するのだ。でも、靴を愛せるかどうか、誰かを愛せるか、愛されるか、そんなことは考えてもしかたがないのだと思う。気がついたら愛している。

茅野さんの茶色い目を見ていると、中途半端かどうかなんてどうでもいいことのような気がした。

「ああ、愛なんて言葉使ったの何年ぶりだろ。ざっと十年分くらいは使ったろうな」

茅野さんは蒲団叩きを持ってベランダに戻った。陽射しがずいぶん強くなってきた。


大きな川の流れる町へと向かう電車の中で、私は日にちを数えている。停電の夜から十週間と一日。そんなに長い間、外のことには目がいかなかった。ふたりだけで過ごすのに十週間も夢中だった。そうしてふと、あの古い家へ戻ってみたくなったのだ。マルツ商会が私の中で「外のこと」になったのだと意識した瞬間に、店や家や家族が懐かしいものとして胸からあふれそうになった。私はひとりで電車に乗った。

お正月に日帰りして以来のことだ。電車で二時間ほどのいつでも帰れる距離なのに、用事がなければ帰らなかった。学生の頃は、家から遠ざかりたいという明確な意志を持って、就職してからは、忙しさにかまけ、自分の生活を確立するのに精いっぱいで。

なんとなく、帰りたい。家族の顔が見たい。それはきっと自然な感情だろう。私にとっての自然がこの頃変わってきたみたいだ。ずいぶん長く固まっていたかさぶたがぽろっと剝がれ、その下からのぞく薄桃色のつるつるの皮膚みたいな、今の私の気持ちだ。仕事が少しずつうまくいくようになった余裕のせいだろうか。それもあるかもしれない。茅野さんがいてくれるおかげだろうか。仕事と茅野さんは相反する要素ではなく、それぞれに私を力づけ、あるときは私の一部を形づくってさえいるように感じる。

「もしかしたら誰か連れてくるんじゃないかって話してたところだよ」

台所から出てきた祖母が言う。さすがに少し年を取ったように見えるけど、背筋はまだまだしゃんとしている。

「誰かって」

祖母に手渡されたお茶を飲みながら私は慎重に訊き返す。

「結婚相手に決まってるじゃないか」

途端に咽《む》せそうになった私を見て、妹たちがくすくす笑う。

「しないよ、まだ」

私の返事を聞き、祖母が訳知り顔でうなずいた。

「夕飯、何がいい？　なんでも好きなもの言ってちょうだい」

母がうれしそうだ。その様子を見て、私も素直にうれしいと感じている。おかあさん、ありがとう、と言いたいような気持ちだ。

結婚のことを、すごく小さく見ていたと思う。卑小なものだと感じていた。なんでもよくできたという母が、結婚によって、ただの奥さん、ただのおかあさんになってしまったと気づいたときから、私は結婚を疑いはじめた。

家政能力や育児を通してしか評価されないなら私たちはなんのために学校へ行くのか、と思っていた。既成の学校にとどまらず、いろいろなところで小さな学校に出会う。そこで何を学ぶのか。私たちの可能性を狭め、不自由にするための学校じゃなかったはずだ。結婚までの少女時代を輝かすためだけに学んできたわけじゃない。

だけど、今は思うのだ。奥さんになっても、おかあさんになっても、ただの私の人生の一部じゃないか。

骨董がわからないという人に、父が何気ない調子で話していたのを覚えている。

「音楽だとか食べものだとか、そういうものと同じなんじゃないですか。わかるかわからないかじゃなくて、好きかどうか。大事なのはそっちです」

結婚なんてわからない。ずっとそう思ってきた。結婚はしなくてもいい。だけど、してもいいのだ。この頃は自然にそう思うようになった。私の「自然」の変化だ。これまでは結婚を小さく見ると同時に、大きくも見ていたと思う。ときどきやたら大きくなって手に負えない存在に化けるものとして。好きかどうか。茅野さんを好きかどうか。自分の人生を好きかどうか。大事なのはそっちです。うまくいった結婚って、うまくいった人生の一部だろうと思うから。

「あたしも入れて」

パジャマの紗英が枕を持って現れた。

実家にはもう私の部屋はない。高校まで七葉といた部屋は、今は七葉がひとりで使っている。夜、二段ベッドの上段を借りた。シーツを敷き直し、灯りを消そうかというところへ、紗英は来た。

「たまにはあたしも入れてよ」

お豆さんだった紗英が、入れて、と言っている。いいよ、と言われながらほんとうには混ぜてもらえなかった幼かった妹。その紗英も大学生だ。今は、下の段に潜り込もうとして七葉に嫌がられている。

「ちょっと、紗英、狭いよ」

「じゃあ上の段。あーちゃん、一緒に寝よう」

「えー、狭いー」

ふざけて断ると、紗英が本気でむくれた。横顔にはあどけない頃の面影が残っている。姉妹のうちで一番のびのびと育った。お豆さんとして可愛がられ、からかわれ、それらをすべて笑ってかわして、無理なく自分の道を通してきたように見える。妹ながらあっぱれ、とひそかに思うのだけれど、きっと紗英には紗英の言い分があるだろう。

「吊り橋効果って、知ってるかな」

枕を並べた紗英が天井を見たまま訊く。

二段ベッドの上下に三人で収まり、いつのまにか茅野さんのことを話していた。好きな人の話など、家では一度もしたことがなかったのに、そして話そうと考えていたわけでもないのに、自然に茅野さんの名前が口からこぼれた。

「吊り橋？　知らないけど」

「社会心理学の、わかりやすい例だそうだよ」

「あ、紗英、なんか偉そうなこと言ってる」

「やだなあ、なのちゃんはすぐそういうこと言うんだから」

紗英がベッドの端から顔を出して七葉に言い返す。それから仰向けの体勢に戻る前に、私のほうを見て弁天さんのような目元をほころばす。

「吊り橋の上ですれ違った男女はお互いに好意を持ちやすいんだって」

「どうしてだろう」

「それより、なんでそんなことがわかるのよ」

下から七葉が茶々を入れる。

「実験したから。地上での好感度と、吊り橋の上ですれ違うときの好感度を比較したんだって」

「それで」

「うん、吊り橋を渡るときって、揺れてて危ないからどきどきするでしょう。そのどきどきを、すれ違った相手に対するときめきだと脳が誤解しちゃうそうだよ」

「えー、ほんとかなあ」

「それでね、旅行に出たときなんかも気分が昂揚してどきどきしてるよね。そこで脳の誤解が生じるわけ。旅先で恋に落ちやすいのはそのせいなんだって」

「なるほど、そういうオチか。茅野さんのことは脳の誤解だったわけね」

私は紗英の頭を軽く小突く。

「吊り橋の上で出会ったとしたって、畳の上でもどきどきできれば、恋愛としては悪くないんじゃない」

「もちろん」

紗英はすまして答えた。

「どこにも行かないで、ふたりで家にいるだけでどきどきできたら、最高だと思うな」

七葉の素直な声が下から響いてきた。

七葉の纏《まと》う空気の色がまた少し変わったかもしれない。澄んだ瞳に明るい輝きが揺れていた。今も、私の身体のちょうど真下あたりに横たわり、興味深そうに動く瞳を開け、じっと耳を傾けているのだろう。華やかすぎた服を脱ぎ、光る口紅を落とし、七葉は七葉になった。今日、玄関に立って私を出迎えてくれた七葉は、白いTシャツに洗いざらしのジーンズを、愛らしく着こなしていた。

あちこち遠回りしてやっとたどりついたのだろう。長い迷路に入り込んでいたのは私も同じだから、今の七葉がなおさら誇らしい。新卒で勤めた大手の保険会社を辞め、好きでよく通っていたという画廊にこの春転職した。扱う絵がとてもよかったから、と弾んだ声で言う七葉のやわらかな頬が薔薇色に輝くのを私は見た。七葉ならできること、七葉にしかできないことが、その画廊にはきっとある。

いろんな引き出しが必要だから雑食でなければならないのだと上司に諭されたとき、私は反論できなかった。今なら、違うとはっきり言える。たったひとつの扉からいろいろなものが取り出せることを私は知っていた。

どうしても忘れられないもの、拘《こだわ》ってしまうもの、深く愛してしまうもの。そういうものこそが扉になる。広く浅くでは見つけられなかったものを、捕まえることができる。いいことも、悪いことも、涙が出そうなくらいうれしいことも、切ないことも、扉の向こうの深いところでつながっている。

今度この家に来るときは、茅野さんも誘ってみようと思う。祖母が茅野さんをどう評するか、ちょっと心配で、ちょっと楽しみだ。母はきっとごちそうをたくさん並べてくれる。父は、どうだろう。店の品物を見せたりするだろうか。茅野さんが何度も店に来ていたことを知って、ひそかによろこぶに違いない。そうだ、鎌倉時代のものだという自慢の囲碁盤でも取り出すんじゃないだろうか。茅野くん、一局打たないか。

想像するだけで、楽しい。

「あーちゃんてば思い出し笑いしてるよ」

隣で紗英が呆れたような声を出す。

「思い出してるんじゃないの、これからのことを思ってるの」

静かな期待が満ちている。私たちはきっとどんなふうにでも歩いていける。扉を開けて、そのずっと向こうまで歩いていくだろう。ふと大きな川の流れが聞こえたような気がし、すぐに妹たちのにぎやかな笑い声にかき消された。

解説

北上次郎《きたがみじろう》
（文芸評論家）

「スコーレ」とは、スクールの語源となった言葉で、余暇、遊びから転じて、真理探究のための空間的場所、を意味するギリシャ語のようだ。それがヒロインの麻子には、家族、恋愛、仕事、結婚、と四つあったということが、本書のタイトルの意味だろう。

すなわちこれは、中学生から始まって、就職して結婚するまでの、一人の女性の成長を丁寧に、静かに、そして力強く描く小説である。同時に、家族小説であり、姉妹小説であり、青春小説であり、職場小説であり、恋愛小説である。

本書の大枠を説明してしまえばそういうことになるが、しかし、この説明では宮下奈都の美点の大半がこぼれ落ちる。たしかにそういう小説ではあるけれど、まずは文章を味わいたい。たとえば冒頭近くに、こんな一節がある。

「広くなったり細くなったりしながら緩やかに流れてきた川が、東に大きく西に小さく寄り道した挙げ句、風に煽てられて機嫌よくハミングする辺りに私の町がある。父の父の父の代あたりまでは、川上で氾濫してよく堤防を決壊させたと聞くけれど、そんな話が冗談に聞こえるほど、いつも穏やかな童謡のように流れていく川と、そこに寄り添うような町。私はここで生まれ育った。田舎だと言われたらちょっとむっとするけれど、都会かと言われれば自ら否定しそうな、物腰のやわらかな町だ」

気持ちのいい文章だ。川が機嫌よくハミングするとは具体的にどういうことだ、と尋ねられたら返答に困るけれど、何となく透明で、何となく穏やかな様子が伝わってくる。物腰のやわらかな町に住むのは、いいものが入ったときに温和なやさしい声で品物の講釈をしてくれる父親と、「あなたたち、ほんとうに面白いわねえ」といつも笑う母親と、朝起きたときに飲みたいお茶が決まっていればその日は一日いい日になると言う祖母と、倉庫を探索しているときに見つけた皿を、焼き物は水に入れるといっそう美しくなるものがあると言った父の言葉を思い出し、庇から落ちる雨だれを受けようと危なっかしい手つきで廊下の窓から突き出すひとつ違いの妹、七葉だ。六つ下の妹、紗英もいる。この子は、「鈴を振り振り歩くみたいににぎやかな子」で、「目尻が下がっていて、笑うと顔がくしゃくしゃになる。つられてみんな笑顔になる」子だ。ヒロインの麻子は、そういう家族と物腰のやわらかい町に住んでいる。

このそれぞれの造形は唸るほどうまく、親しい人たちの話を聞いているかのように迫ってくるが、もちろんこれだけではない。麻子の父親が営む古道具屋は、次のように描写されている。

「店はだいぶ年季が入っている。正面の屋根の上にどんと掲げられた看板は、昔の映画のセットに使われそうな年代物だ。マルツ商会とだけ書かれている。店の前に立ち、看板を見上げ、中をのぞき、それでも何の店なのかよくわからない。私も七葉も友達にそう言われるのに慣れている。わからなくていいんだよ、と父が笑うのにも慣れている。私たちもべつにそれでかまわない」

続く文章も引いておく。

「店よりさらに古く見える家は、築後何年になるのか見当もつかない。築六十年。いや、七十年。それ以上か。何から何まで木造で、外壁に貼られた木は茶色を通り越して黒ずんでいる。瓦は鈍色。昭和初期だろうなあ、と父が言う家に、あちこち手直ししながら住んでいる。掃除の行き届かない古家ほど見すぼらしいものはないというのが祖母の持論で、雑巾がけが私たちの日課になっている」

この古い店と古い家を、麻子がこよなく愛している様子が伝わってくる。だめ押しは、幼いころのくだりだ。

「朝、誰もいない店に入り、澱んだ空気に身を浸すのが好きだ。窓を開けて風を通す前の埃っぽい匂いを嗅ぐと、全身の毛穴が閉じて余分なものが何ひとつ出ていかない、落ち着いた気持ちになれる」

幼い少女がサンダルを履いて店の中をぐるっとまわる朝の情景が浮かんでくる。何でもない風景にすぎないが、まるで自分が見た記憶が蘇ってくるかのように、とてもリアルだ。こういう幾つもの風景と、そこに立つヒロインの感情の動きが、このように実に瑞々しく活写されていくのである。

これだけでも十分だが、これはまだ最初の章にすぎない。ここから麻子の中学生の章、高校生の章、商社に就職したものの靴屋に派遣される章、商社に戻って働く章と続いていく。全体は四部構成である。三百ページに満たない長編で、中学生時代から結婚するまでを描くのだから、駆け足に終わっても仕方のないところはあるが、そういう心配が微塵もないのも素晴らしい。まず、それぞれの章が、的確な描写と美しい文章でたっぷりと読ませることは書いておきたい。四つの短編として屹立していると言ってもいい。素晴らしいのはそれが巧みに繋がっていることだ。家族を描き、恋愛を描き、仕事を描き、結婚を描くというそれぞれの章の主題が複雑に絡み合って進行していくので、各章を切り離せないのである。実に見事な長編といっていい。

個人的には、靴店で働く章が好きだ。靴のことを何も知らずに配属されるのだが、その現場で少しずつ麻子が何事かを学んでいく過程が、とてもリアルに描かれていく。もちろん脇役にいたるまで活写されていて、これだけで長編になる素材といっていい。

派手なところは一つもなく、ケレンたっぷりの仕掛けもなく、丁寧に描いているだけだが(これがいちばん難しいのだが)、そのことによってヒロインの青春が見事に立ち上がってくる。静謐で、素直で、まっすぐだから、現代では目だちにくいが、しかしこの長編を読み終えると、希望とか善意とか夢、そういう前向きなものを信じたくなる。それを背景に隠していることこそ、この長編の最大の魅力といっていい。

若い女性読者に、ぜひこの長編をすすめたいと思う。いまは遠回りしているように思われるかもしれないが、その日々はけっして無駄ではないのだ。「いいことも、悪いことも、涙が出そうなくらいうれしいことも、切ないことも、扉の向こうの深いところでつながっている」のだ。この長編はそのことを、静かに、そして力強く語りかけてくる。

だから、いまの生活に、いまの仕事に、いまの恋人に、ちょっとなあと迷っている人はぜひこの長編を読んでいただきたい。きのうまでとは違った風景が確実に見えてくるはずだ。それがこの長編の、そして宮下奈都の力なのである。

二〇〇七年一月　光文社刊

光文社文庫

スコーレNo.4《ナンバーフォー》

著者　宮《みや》下《した》奈《な》都《つ》

2009年11月20日　初版1刷発行
2019年7月10日　18刷発行

発行者　鈴木広和
印刷　萩原印刷
製本　ナショナル製本

発行所　株式会社 光文社
〒112-8011　東京都文京区音羽1-16-6
電話 (03)5395-8149　編集部
8116　書籍販売部
8125　業務部

落丁本・乱丁本は業務部にご連絡くだされば、お取替えいたします。
ISBN978-4-334-74678-0　Printed in Japan

組版　萩原印刷